Annette G. Krupka

Abgetaucht

20 Fall um Katherina "Kate" Schulz

Impressum

© 2024 Annette Gisela Krupka
Herstellung und Verlag: BoD – Books on Demand,
Norderstedt
ISBN 9783758363375

Das Buch

Während Katherina „Kate" Schulz auf dem Weg zum Flughafen ist, erreicht sie die Nachricht, dass die Verlobte von Bogdan Serwowitsch vermisst wird.

Kein Fall für die Polizei, denn nichts deutet auf eine Entführung hin, wie Serwowitsch vermutet, eher auf ein freiwilliges Untertauchen von Kristine Domatsch. Hat sie kurz vor der Hochzeit mit dem „Bordellkönig von Plauen" kalte Füße bekommen?

Hauptkommissar Mike Köhler sind die Hände gebunden, zumal er in einigen Fällen von mysteriösen K.o.-Tropfen-Vergiftungen ermittelt, die in keinem Zusammenhang zu stehen scheinen.

Aber Kate Schulz und ihr Team zögern keine Sekunde, Bogdan Serwowitsch zu helfen. Für sie ist klar, Kristine Domatsch befindet sich in Gefahr, vielleicht sogar in Lebensgefahr.

Kapitel 1

„Willst du wirklich selbst fahren?", fragte Mike Kate jetzt bereits zum zweiten Mal und sie nahm ihren kleinen Koffer in die Hand.

„Ja. Du hast es mir angeboten und Jasmin und Omar und Matt, aber ich sage es noch einmal, ich fahre selbst mit dem Auto zum Flughafen. Ich habe genau zwölf Stunden Zeit, bis meine Maschine geht, inklusive Fahrzeit und Sicherheitskontrollen."

Sie griff in ihre Manteltasche und zog den Pass heraus. „Hauptsache den habe ich", murmelte sie.

Mike nahm ihr den Koffer ab und trug ihn bis zum Auto. Sie sah ihn an und umarmte ihn schließlich.

„Es ist lieb das du dir Sorgen machst, aber ich schaffe das schon. Es war der schnellste Flug den Gabriel versorgen konnte und mit dem Zug ist es zu knapp."

Mike verzichtete darauf, sie nochmals darauf hinzuweisen, dass gerade deshalb sie jemand zum Flughafen fahren wollte. Sie presste sich fest an ihn und löste sich dann langsam. Als sie ihm in die Augen sah, wusste er plötzlich, warum.

„Du möchtest allein sein, stimmts?", fragte er leise und sie nickte.

„Weißt du, durch den Tod von Tante Sarah habe ich das Gefühl, meine Eltern noch einmal verloren zu haben. Sie war in den letzten Jahren so etwas wie eine Ersatzmutter für mich gewesen."

Mike streichelte ihr über den Arm.

Kate holte tief Luft. „Sie hatte ein gutes Leben, das

hat sie selbst beim letzten Besuch hier mehrfach gesagt und Gabriel sagte mir, sie hatte auch einen guten Tod. Sie ging abends ins Bett und wachte nicht mehr auf."

Mike sah sie nachdenklich an, dann seufzte er leise.

„Ja, das ist der Tod wie ihn sich alle wünschen."

Er öffnete ihr die Wagentür. „Du fährst vorsichtig?", fragte er und sie lächelte ihn beim Einsteigen an.

„Immer, das weißt du doch."

Jetzt musste Mike auch lächeln. Ja, wenn er an Jasmins rasanten Fahrstil dachte, war Kate wirklich eine Musterfahrerin. Die Ehefrau von Professor Omar Amri hatte auch ihm bereits mehrfach Schweißausbrüche bereitet.

Als hätte sie seine Gedanken erraten, sagte Kate: „Jetzt weißt du vielleicht, warum ich mich nicht unbedingt von Jasmin fahren lassen wollte, aber wehe du sagst es ihr."

Dann sah sie ihn an. „Ich denke, mit deinen derzeitigen Fällen wirst du mich auch kaum vermissen."

Mike sah instinktiv auf seine Uhr. „Ja, ich mache auch gleich los. Drei K.o.- Tropfenanschläge innerhalb kurzer Zeit und scheinbar ohne jeglichen Zusammenhang. Zwei der Frauen sind Gott sei Dank nicht groß zu Schaden gekommen, um die Dritte steht es allerdings bedenklicher, wahrscheinlich eine Überdosis."

Sie nickte. „Dann seh´ zu, dass du die oder den Täter schnell dingfest machst, ehe etwas Schlimmeres passiert."

„Ich gebe mir Mühe", sagte er und klopfte sanft auf das Dach. „Schicke mir eine kurze Nachricht vom Flughafen und ruf an, wenn du in Tel Aviv bist", sagte er und sie nickte.

„Spätestes in Tel Aviv melde ich mich", versprach sie und fuhr aus der Ausfahrt.

Sinnend sah Mike ihr nach. Dann winkte er hinüber zu ihrem Nachbarn, Ernst Winter, der auf die Terrasse getreten war, um ein bisschen von der Frühlingsluft zu atmen.

Er sah, wie Mascha gerade über die Treppe an ihm vorbei geschlendert kam und mit erhobenem Schwanz über den Rasen stampfte, um auf der Terrasse von Ernst Winter zu verschwinden, wo sie sich, wie immer, ihr zweites Frühstück abholte.

Kopfschüttelnd lächelnd ging Mike zurück ins Haus.

Kapitel 2

Mike rannte die Treppen zu seinem Büro hinauf, weil er wusste, dass er spät war. Wenn eine Sitzung anberaumt und er selbst zu spät kam, machte das nicht nur einen schlechten Eindruck auf die Kollegen, er hasste es, unter Zeitdruck zu stehen.

Aber es war ihm einfach wichtig gewesen, noch in Ruhe mit Kate zu frühstücken und sie zu verabschieden.

Als er die Tür zum Besprechungsraum öffnete, war niemand anwesend.

Stirnrunzelnd sah er auf seine Uhr, dann ging er zu Marianne Jägers Zimmer.

Seine ehemalige Partnerin verrichtete nach einer schweren Schädelverletzung, von der sie sich glücklicherweise vollständig erholt hatte, fast ausschließlich Innendienst, was Mike bedauerte, aber akzeptieren musste. Marianne Jäger war immer sein Top-Gegenspieler gewesen, ruhig, mütterlich, aber dabei eine tolle Ermittlerin mit dem gewissen Händchen für auch brenzliche Situationen.

Auch sie wäre gern wieder an seiner Seite geblieben, aber ihrer beider Chef, Erster Hauptkommissar Peter Kögler, der Leiter des Plauener Polizeireviers, hatte sich überhaupt nur mit Mühe überreden lassen, Marianne wieder zurück in den Dienst zu holen und nicht in den ihr zustehenden Ruhestand zu schicken.

Als Mike das Zimmer betrat, telefonierte Marianne gerade und ihr Gesichtsausdruck verriet nichts

9

Gutes.

Nachdem sie aufgelegt hatte, sah sie zu Mike hin.

„Wo sind denn alle?", fragte der und deutete hinter sich in Richtung Beratungsraum.

Marianne seufzte und stand auf. „Wir haben eine neue Entwicklung, Mike. Das erste Opfer der K.o. - Tropfenanschläge, musste heute Nacht auf die Intensivstation gebracht werden und..."

„Ja, sie hatte wohl auch die höchste Konzentration im Blut, wie mir einer der Ärzte sagte", unterbrach Mike sie. „Geht es ihr so schlecht?"

Marianne schüttelte langsam den Kopf. „Sie ist vor einer Stunde gestorben. Jetzt haben wir einen Mordfall."

Kommissarin Mary Struwe, Mikes jetzige Partnerin, mit der er, um Kates Worte zu gebrauchen, noch immer etwas „fremdelte", saß neben Kommissaranwärter Frieder Lein mittig am Besprechungstisch. Letzterer hatte sich im Winter eine komplizierte Fußfraktur beim Nachrennen auf eine anfahrende Straßenbahn zugezogen, was ihm zum einen den Spott seiner Kollegen, zum anderen einen längeren Krankheitsausfall beschert hatte. Er war erst jetzt wieder voll dienstfähig und brannte darauf, sich wieder aktiv einzubringen.

Als Mike gemeinsam mit Marianne eintrat, glänzten seine Augen geradezu von Tatendrang.

„Also?", fragte Mike knapp, nachdem auch er Platz genommen hatte, und Mary ließ Frieder den Vortritt.

„Frau Gundula Fritsch ist an den Folgen der Intoxikation durch K.o.- Tropfen verstorben, sagt zumindest der Oberarzt der ITS", begann Frieder.

„Details gibt es sicher nach der Obduktion", ergänzte Mary.

Mike sah zu Marianne, die nickte. „Ich habe heute früh schon mit Omar telefoniert. Er hatte da bereits mit der Obduktion begonnen."

In diesem Moment öffnete sich die Tür und Karsten Windisch, Chef der Spurensicherung, trat ein.

„Sorry, Leute, aber zurzeit kollabiert unser Labor." Er setzte sich und legte sein Tablet vor sich hin.

„Hast du etwas für uns?", fragte Mike und Karsten drehte die Augen nach oben.

„Drei unterschiedliche Tatorte mit gefühlt je tausend

Spuren, Mensch Mike, wir sind am Kreiseln, aber zaubern können wir nicht", blaffte dieser ihn ungewöhnlich scharf an. Dann fuhr er sich durch die Haare. „Sorry, aber das Gundula jetzt daran gestorben ist, das macht mich fertig."

Mike sah erst Marianne an und dann den Chef der Spurensicherung. „Du hast sie gekannt?", fragte er erstaunt.

Dieser nickte. „Wir haben zusammen studiert, damals in Leipzig. Ich habe ja dann den anderen Weg eingeschlagen, während Gundula in Richtung Labordiagnostik ging. Sie hat viele Jahre für die Leipziger Uniklinik gearbeitet, ist aber vor ein paar Jahren nach Plauen zurückgekommen, um nahe bei ihren Eltern zu sein. Denen scheint es gesundheitlich nicht so gut zu gehen. Und jetzt das."

Er schüttelte noch immer ganz fassungslos den Kopf.

Mike wusste bereits, dass Gundula Fritsch im Laborbereich des Plauener Klinikums gearbeitet hatte.

Bis vorhin hatte er noch immer gehofft, auch sie befragen zu können. Als habe Marianne Jäger seine Gedanken gelesen, sah sie ihn an.

„Mit Sicherheit wurden auch ihr, genau wie Cordula Breske und Nadine Fischer, die Tropfen so verabreicht, das sie es nicht bemerkte."

Frieder sah zu dem Flipchart, auf dem Marianne wie eh und je alles notiert und geordnet hatte, in der guten alten Printversion.

„Es ist seltsam", sagte er, fast zu sich selbst. „Weder Cordula Breske noch Nadine Fischer wurden in irgendeiner Weise sexuell belästigt oder angegriffen." Mary Struwe nickte. „Stimmt, dabei ist es doch die klassische Vergewaltigungsdroge. Cordula Breske hatte einen Kaffee in einem Stehcafé getrunken, danach war ihr schlecht und sie wusste nicht mehr, wie sie nach Hause gekommen ist. Ihr Mann hat sofort die Rettung gerufen, das war wirklich Glück, denn so konnten die K.o. -Tropfen nachgewiesen werden." Karsten Windisch war aufgestanden und tippte auf den genannten Namen.

„Wir haben uns ja das Café angeschaut, die Verkäuferin am Bäckerstand hat gesagt, es wäre viel Betrieb gewesen und sie hätte dann nur gemerkt, dass die Frau, die den Kaffee getrunken hatte, plötzlich weg war. Spuren natürlich nada, auch keine Überwachungskamera."

Dann zeigte er auf die andere Notiz. „Nadine Fischer, die ein eigenes Kosmetikstudio in der Straßbergerstraße betreibt, hat nach eigener Aussage ständig eine Flasche Mineralwasser auf ihrem Tresen stehen, von der sie immer einmal trinkt. Auch sie kann sich an nichts mehr erinnern. Eine Kundin hat sie völlig verwirrt vorgefunden und ebenfalls die Rettung gerufen. Die Flasche war weg."

Er machte eine Pause. „Und bei Gundula wissen wir nicht, wo es passiert ist, sie ist vor ihrer Haustür in der Liebknechtstraße gefunden worden, bewusstlos und schon in einem kritischen Zustand."

Er schnaubte und setzte sich wieder.

Mike holte tief Luft. „Die Frage ist nicht nur, warum der Täter es getan hat, sondern auch wie. Wie ist es ihm gelungen, sich nahezu unbemerkt den Frauen zu nähern und ihre Getränke mit den K.o. -Tropfen zu präparieren?"

„Oder die Täter", wandte Mary Struwe zögernd ein.

Eine Weile war Stille im Raum.

„Ganz von der Hand wäre es nicht zu weisen", stimmte Marianne schließlich ihrer jungen Kollegin zu. Diese lächelte in ihre Richtung.

Karsten wog langsam den Kopf hin und her. „Ich weiß nicht so recht", sagte er zögernd.

Auch Mike schien von Marys Ansatz nicht über-zeugt. Schließlich lehnte er sich zurück. „Aber was Frieder und Mary gesagt haben, hat etwas für sich. In den meisten Fällen, mit denen wir es schon zu tun hatten und das stimmt auch mit den Statistiken über-ein, werden die Tropfen in Zusammenhang mit einer sexuellen Straftat verabreicht. Das können wir hier ausschließen, zumindest bei Cordula Breske und Na-dine Fischer. Was Gundula Fritsch betrifft…"

„Kann ein sexueller Übergriff ausgeschlossen wer-den", sagte eine Stimme von der Tür her und alle wandten sich um.

Professor Omar Amri kam herein und nahm, unter protestierenden Knarren des Stuhles, wie gewohnt, am Kopfende des Tisches Platz. Er baute vor sich sein Tablet auf und sah in die Runde.

„Ich wollte euch die Nachricht gleich selbst bringen. Kerstin macht noch den Rest", sagte er und meinte damit seine Assistentin, die neuerdings frisch gebackene Frau Doktor Kerstin Nagler. Er seufzte etwas. „Das mit Gundula geht auch mir ziemlich nahe", sagte er in Richtung des Leiters der Spurensicherung. „Ich kannte sie ja noch aus Leipzig, eine absolut fähige Fachkraft, akkurat bis ins Letzte, auf sie war immer Verlass."

Mike zog eine Augenbraue nach oben. „Du hast sie auch gekannt?"

Omar nickte. „Ja, sie war bei uns in der Histologie. Darum hat es mir leidgetan, dass sie jetzt im Plauener Labor faktisch unter ihrer Qualifikation eingesetzt wurde, aber für sie war es okay. Hauptsache, sie konnte sich deswegen besser um ihre Eltern kümmern."

Kopfschüttelnd wandte er sich seinem Tablet zu. „Also, der Grund für Gundulas Tod war indirekt die Gamma-Hydroxybuttersäure, oder K.o.-Tropfen, wie ihr es bezeichnet. Sie hatte ein Bauchaneurysma, das war ihr und, nach Rückfrage mit ihrem Hausarzt, auch ihm bekannt. Jedenfalls kann ich zwar sagen, dass es an den K.o. -Tropfen", hier malte er Gänsefüßchen in die Luft, „gelegen haben könnte, dass das Aneurysma perforiert ist, aber ob es einem gerichtlichen Gutachten standhalten würde…"

Omar zuckte die Schultern und brach ab.

Mike blies die Wangen auf. „Es wurde nicht operiert?"

Omar schüttelte langsam den Kopf. „Es war nicht sehr stark ausgeprägt und sie wollte die OP immer vor sich herschieben, sagte mir der Hausarzt, eben wegen der Pflege ihrer Eltern." Er sah wirklich betroffen aus.

„Also keine reine Überdosierung?", hakte Mike nach.

Omar schüttelte den Kopf. „Nein, ich habe die Werte abgeglichen mit den beiden anderen Fällen, es war im Wesentlichen immer die gleiche Dosis."

Mary lehnte sich zu Omar hin. „Und auch bei ihr kein Anzeichen für einen sexuellen Übergriff?"

Wieder schüttelte der Rechtsmediziner den Kopf. „Nein, definitiv nichts."

„Vielleicht haben wir es mit einer Täterin zu tun?", warf jetzt Frieder Lein ein.

„Wäre eine Option", murmelte Omar. „Aber das Motiv? Drei Frauen, vielleicht sogar noch mehr, die es nicht zur Anzeige gebracht haben, werden mit K.o.-Tropfen ausgeknockt und das scheinbar ohne Motiv, weder ein sexueller Übergriff noch Raub, was ja auch eine Möglichkeit wäre, ist es aber nicht", fasste Mike zusammen.

„Jetzt müssen wir herausfinden, ob irgendetwas die drei Frauen verbindet", warf hier Marianne ein.

Mike sah zu ihr hin. „Genau."

Dann deutete er auf Mary und Frieder. „Ihr zwei geht zu Cordula Breske, Marianne und ich zu Nadine Fischer. Suchen wir nach einer Verbindung. Omar, du informierst uns, wenn die Autopsie doch noch etwas Spektakuläres ergeben sollte."

In diesem Moment trat ein Beamter ein und sah Mike an.

„Ein Bogdan Serwowitsch möchte Hauptkommissar Köhler sprechen", sagte der junge Uniformierte.

Dieser nickte. „Führen sie ihn bitte in mein Büro."

Mike erhob sich und ging nach draußen. In der Tür wandte er sich um.

„Ich denke, das war es erst einmal. Danke."

Kapitel 3

Chris Töpfer begann gerade damit die Einsatzplanung für Matt, Marcus und Holger zu erstellen, als er feststellte, dass sie dringend personell expandieren müssen. Kate, seine Chefin, ließ ihm dabei freie Hand, inzwischen war er nicht nur für die Einsatzplanung, sondern auch für die Personalakquise zuständig. Lediglich bei den Einstellungsgesprächen wollte sie dabei sein.

Er trommelte langsam mit den Fingern auf das Holz seines Schreibtisches. Dann stand er auf und ging zur Tür. „Maria, kannst du bitte einmal kommen, ich…" Er brach ab, als er den Besucher wahrnahm, der neben Marias Tresen stand und sich mit dieser leise unterhielt. „Herr Serwowitsch, guten Tag, Kate ist nicht da, sie ist auf dem Weg zum Flughafen. Aber kann ich ihnen vielleicht irgendwie weiterhelfen oder wollen sie Maria besuchen?"

Maria kam ebenfalls aus Serbien und ihr Vater war ein guter Freund von Bogdan Serwowitsch, der sich leider mit den falschen Leuten abgegeben und jetzt eine mehrjährige Gefängnisstrafe abzubüßen hatte. Marias deutsche Mutter war schon lange tot und so hatte sie niemand mehr und Serwowitsch nahm sich ihrer an und hatte Kate damals gebeten, sie auf Probe einzustellen, als sie dringend jemand für den Bereich Rezeption suchte. Aus dem Probearbeiten war eine Festanstellung geworden und niemand im Team wollte Maria mehr missen.

Bogdan Serwowitsch kam auf Chris zu und reichte ihm die Hand. „Hallo Chris und bitte, Bogdan."
Dieser nickte erfreut und bat ihn in sein Büro.
Äußerlich hätte man den Mann, der allgemein als der „Bordellkönig von Plauen" bezeichnet wurde, eher für einen Topmanager gehalten, schlank, immer korrekt elegant -zurückhaltend gekleidet, mit tadellosen Manieren, unterschied er sich von den prollhaften Etablissementbesitzern, die man aus den Medien kannte.

Chris hatte ihm einen Platz an dem kleinen Tisch unter dem Fenster angeboten, von wo man einen guten Blick auf die Neundorferstraße hatte. Nachdem er Bogdan Kaffee eingeschenkt hatte, sah er ihn auffordernd an. Er bemerkte erstaunt, wie der sonst so eloquent wirkende Serwowitsch sichtlich nach Worten rang. „Meine Verlobte ist verschwunden", sagte er schließlich knapp.

„Wie, verschwunden?", fragte Chris nach und merkte erst, nachdem er es ausgesprochen hatte, wie dämlich es klang. Serwowitsch schien das nicht so zu empfinden. Er holte tief Luft.

„Kristine war erst nicht mehr telefonisch oder via WhatsApp erreichbar. Das ist untypisch für sie. Also bin ich zu ihrer Wohnung gefahren. Ich habe gesehen, dass sie mindestens einen Koffer mitgenommen hat, aber keine Nachricht, nichts."

Chris runzelte seine Stirn. „Und ihr Hund?"

„Kruste ist in der Tierpension, wo sie ihn unterbringt, wenn sie länger nicht da ist. Die Besitzerin, die

Kristine auch privat kennt, sagte, sie habe eine WhatsApp -Nachricht von ihr bekommen, sie müsse dringend weg und sie solle Kruste zu Hause abholen. Ebenso die Pflegerin ihrer Mutter, auch sie bekam eine WhatsApp -Nachricht. Das ist nicht Kristines Stil, aber niemand will mir das glauben."

Chris sah ihn sinnend an. „Darf ich dich etwas fragen?" Serwowitsch nickte.

„Habt ihr euch gestritten, gab es in letzter Zeit Differenzen?"

Chris Gegenüber schüttelte den Kopf.

„Nein, nichts. Auch wenn wir einmal nicht gleicher Meinung sind, klären wir das wie zivilisierte Menschen." Er lächelte etwas. „Weder Kristine noch ich sind ein großer Freund irgendwelcher dramatischer Szenen."

Chris nickte. „Hast du mit Mike gesprochen?"

Bogdan Serwowitsch zog die Stirn kraus. „Natürlich. Aber er kann nichts machen. Kristine ist ein erwachsener Mensch und kann abtauchen, wenn sie das möchte, seine Worte. Außerdem hat er zurzeit wohl alle Hände voll mit diesen K.o.- Tropfen- Fällen zu tun. Er hat mir vorhin anvertraut, das eines der Opfer verstorben ist. Da ist es natürlich verständlich, dass er in einem Vermisstenfall, der vielleicht keiner ist…"

Er holte tief Luft und schwieg.

Chris erhob sich. „Natürlich helfen wir dir, ich werde als erstes Steven Bescheid sagen, er wird sich mit dir in Verbindung setzen. Er ist einsame Spitze darin, digitale Spuren zu finden."

Auch Bogdan erhob sich und reichte ihm die Hand. „Danke", sagte er schlicht.

Als er gegangen war, kam Maria herein. Sie trat neben Chris ans Fenster und sah, wie Bogdan Serwowitsch mit seinem Bodyguard in sein Auto einstieg. „Wirst du ihm helfen?", fragte Maria leise. Besorgnis schwang in ihrer Stimme mit.

Chris nickte langsam. „Ich habe das Gefühl hier stimmt etwas ganz und gar nicht."

Entschlossen nahm er sein Smartphone vom Tisch. „Was soll`s, ich rufe Kate an", sagte er.

Kate hatte in der Lounge noch eine Kleinigkeit gegessen und sah auf ihre Uhr. Da sie nur mit Handgepäck reiste, hatte sie noch Zeit und beschloss, noch ein wenig auf dem Flughafen zu bummeln.

Plötzlich klingelte ihr IPhone. „Ja, Chris?"

Dieser hüstelte etwas. „Du bist schon auf dem Weg zum Flughafen?", fragte er zögerlich und Kate drehte etwas die Augen nach oben.

„Ich bin schon auf dem Flughafen und bitte komm zum Punkt. Du rufst mich nicht ohne Grund an."

Sie hörte förmlich, wie er mit sich kämpfte.

„Chris?", fragte sie alarmiert. „Was ist passiert?"

„Bogdan war gerade hier. Seine Verlobte, sie ist verschwunden." Kate setzte sich auf eine freie Bank.

„Wie verschwunden?"

Kurz berichtete ihr Chris von dem Gespräch mit Bogdan Serwowitsch. „Er hat natürlich schon mit Mike gesprochen, aber der kann ja nichts machen. Sie hat sich überall abgemeldet, es besteht keine Gefahr für Leib und Leben und außerdem ist sie volljährig und kann sich aufhalten, wo immer sie will", schloss Chris seinen Bericht.

Kate überlegte. Natürlich verstand sie Mikes Reaktion, er hatte keinen Grund, ja, kein Recht, hier einfach zu ermitteln.

Falls sich Kristine Domatsch einfach eine Auszeit nahm und er sie irgendwo aufspürte, hatte sie allen Grund, mehr als sauer darauf zu reagieren.

„Denkst du, sie hat kalte Füße bekommen, wegen der Hochzeit?", fragte jetzt Chris und Kate musste unwillkürlich lachen.

„Ich habe Kristine inzwischen recht gut kennengelernt und glaub mir, wenn sie kalte Füße bekommen
würde, dann hätte sie das Bogdan klipp und klar gesagt. Nein, das wäre nicht ihr Stil, genauso wie es
nicht ihr Stil ist, alle per WhatsApp zu benachrichti-
gen und dann einfach sang- und klanglos zu verschwinden."

„Du denkst also auch, dass irgendetwas nicht
stimmt?", fragte Chris fast erleichtert, weil er damit
vor sich die Notwendigkeit rechtfertigte, Kate überhaupt angerufen zu haben.

„Ja", sagte sie knapp und strich gedankenverloren
über ihren Koffer.

„Ich habe ihm unsere Hilfe zugesagt und bereits Steven informiert", ergänzte jetzt ihr Stellvertreter.

„Flieg du nach Israel, wir kümmern uns."

„Danke", sagte sie und legte auf. Langsam wog sie
ihr IPhone in ihrer Hand, dann atmete sie tief ein und
drückte auf eine Nummer.

„Gabriel? Ich bin es", sagte sie zu ihrem Cousin.

Kapitel 4

„Du kannst doch noch gar nicht in Tel Aviv sein, seit wann darf man an Bord der El Al telefonieren?", fragte Mike erstaunt, nachdem er Kates Anruf entgegengenommen hatte.

„Ich bin auf dem Weg von München nach Hause", sagte sie schlicht und ohne ihm die Gelegenheit zu geben etwas zu sagen, fuhr sie fort. „Chris hat mich angerufen, wegen Kristine Domatsch, Bogdans Verlobten."

„Kate, er war schon bei mir, aber ich…".

„Ich weiß", unterbrach sie ihn und jetzt merkte er auch, dass sie mit der Freisprechanlage telefonierte. „Du kannst bei der jetzigen Lage nichts machen, aber ich schon."

Mike atmete tief ein. „Und deswegen fliegst du nicht zur Beerdigung deiner Tante?", fragte er schließlich und hoffte nicht zu vorwurfsvoll zu klingen.

„Gabriel hat es verstanden", sagte sie und jetzt glaubte er, ihrerseits einen leisen Vorwurf aus dem Satz zu hören.

Mein Cousin, der Mossad-Agent versteht mich, mein Ehemann, der Hauptkommissar, nicht."

Dachte sie das wirklich?

„Mike, ich fahre erst zu Bogdan und dann ins Büro. Ich denke, dann komme ich nach Hause, und du? Kommst du heute Abend pünktlich?"

Er nickte, war sich aber klar, dass sie ihn nicht sehen konnte. „Ich denke schon. Allerdings ist das eine

Opfer der K.o.-Tropfenattacke verstorben und ich fahre jetzt mit Marianne zu der einen Frau, die auch betroffen ist, Mary und Frieder zu der anderen Betroffenen, wir hoffen, irgendeine Gemeinsamkeit zu finden. Es gibt weder einen sexuellen Übergriff, noch spielt Raub eine Rolle. Wir haben faktisch nichts."

Er hörte, wie Kate die Luft einsog. „Das klingt nicht gut. Hoffentlich ist es nicht jemand, der das wahllos macht, dann könnte es faktisch jeden oder vielmehr jede treffen und immer wieder."

Mike schwieg eine Weile, dann sagte er: „Hoffentlich hast du nicht recht, das würde uns noch fehlen."

Als Kate den Kirchenvorraum betrat, traf sie auf Oleg, der sie erstaunt ansah. Sie deutete mit dem Daumen auf die alte Holztür.

„Ist er drin?", fragte sie leise und der Angesprochene nickte und öffnete ihr die Tür.

Kate trat ein und sah Bogdan in der ersten Reihe der sonst leeren Kirche sitzen. Er hatte den Kopf gesenkt, scheinbar in ein Gebet oder einfach nur in seine Gedanken versunken.

Sie holte tief Luft, nickte Oleg zu, der geräuschlos die Tür schloss und ging langsam den Mittelweg nach vorn. Kurz erinnerte sie sich daran, wie sie diesen Weg das letzte Mal so langsam gegangen war, am Tag ihrer Hochzeit. Sie blieb neben der Kirchenbank stehen, bis Bogdan den Kopf wandte.

Er, der immer Wert auf ein tadelloses Äußeres legte, hatte sich seit mindestens 48 Stunden nicht rasiert, der Kragen seines Mantels war nach innen geschlagen und seine Augen waren stark gerötet.

„Du?", fragte er heiser und sie nickte. Dann nahm sie ungefragt neben ihm Platz.

„Aber, deine Tante…", sagte er und sie griff nach seiner Hand. „Tante Sarah hätte jetzt gesagt, Ehre die Toten, aber sei für die Lebenden da. Sie wäre die erste gewesen, die mich zurückgeschickt hätte. Bogdan, du brauchst mich jetzt hier, mein Team und mich."

Als er schwieg, ergänzte sie leise. „Du weißt, dass Mike nichts unternehmen kann, selbst wenn er es wollte. Chris hat mir am Telefon alles erzählt."

Bogdan hob langsam den Blick. „Es ist meine Schuld, ganz allein meine. Ich weiß, dass ich einigen Leuten auf die Zehen getreten bin, um das vorsichtig zu formulieren und dass sie sich jetzt an mir rächen wollen. Darum habe ich auch meine Sicherheitsvorkehrungen getroffen, für mich. Aber dass sie so weit gehen würden."

Er ballte eine Faust und Kate spürte seine Anspannung in der Hand, die sie hielt.

„Bogdan", begann sie leise, aber er entzog ihr langsam seine Hand.

„Ich gehe jetzt da raus und ich werde denjenigen finden, Kate und dann Gnade ihm oder ihnen. Bei Gott, das schwöre ich."

Kate ergriff wieder seine Hand, diesmal so fest, dass er sie ihr hätte mit Gewalt entziehen müssen, was er aber nicht tat.

„Bogdan", begann sie wieder. „Wir gehen jetzt beide hinaus, miteinander und dann fahren wir in mein Büro und dort werden wir in aller Ruhe überlegen, was wir tun."

Er warf seinen Körper geradezu herum und funkelte sie aus den rotgeränderten Augen an.

„Kristine hat vielleicht keine Zeit mehr dafür, ich…"

„Vielleicht", unterbrach sie ihn. „Wie du schon sagst, vielleicht. Was willst du jetzt tun? Die gesamte Plauener Unterwelt aufmischen?"

Bewusst wählte sie diese provokante Aussage.

Als sie merkte, dass sie jetzt Bogdans Aufmerksamkeit hatte, ließ sie seine Hand langsam los.

„Ich helfe dir und das weißt du, aber du musst mir
eines versprechen, keine Alleingänge, die nicht abge-
sprochen sind."

Als er auffahren wollte, ergriff sie wieder seine Hand,
die auf dem Gestühl lag und drückte sie fest. „Verspreche es mir", sagte sie leise und wandte ihren
Blick zum Allerheiligsten.

Der Seufzer, der aus seinem Mund kam, klang wie
der eines verwundeten Tieres.

Dann nickte er. „Versprochen", sagte er und folgte
ihrem Blick.

Sie zog sanft an seinem Ärmel. „Dann komm jetzt",
sagte sie leise und erhob sich.

Nadine Fischer strich ihr langes dunkles Haar zurück und sah von Mike zu Marianne und wieder zurück. Diese warteten bereits eine Weile, da Frau Fischer gerade eine Kundin hatte, die wohl ziemlich unter Zeitdruck stand.

Schnell hatte die Inhaberin des Kosmetikstudios den beiden Polizeibeamten einen Kaffee angeboten und sie im stylischen Wartezimmer ihres Salons platziert. Schließlich war die Kundin mit einem „Nadine, du bist eine Zauberin" und einem affektierten Winken aus dem Laden geradezu geschwebt und die Chefin des Salons ließ sich in den Stuhl neben Marianne und Mike fallen.

„Phu", machte sie nur und zwinkerte den beiden Beamten zu. Dann sah sie auf die Uhr. „Nachher habe ich bereits wieder einen Kunden", sagte sie, ohne hektisch zu klingen. Scheinbar tat sie ihre Arbeit wirklich gern.

„Kunden?", fragte Mike nach. Aus dem Augenwinkel sah er Marianne grinsen, was auch die Kosmetikerin bemerkte und der Beamtin ein Lächeln schenkte.

„Natürlich, Herr Hauptkommissar, auch immer mehr Männer nehmen meine Dienste in Anspruch und einige, bei denen sie es nicht vermuten würden."

Prüfend sah sie Mike an. „Auch sie könnten einige, ich gebe zu, allerdings nur kleinere Verschönerungen, gut gebrauchen."

Jetzt prustete Marianne Jäger verhalten los und Mike warf ihr einen genervten Blick zu.

Ehe er etwas erwidern konnte, wurde die Tür

geöffnet und ein Mann kam herein.

Nadine Fischer warf einen kurzen Blick auf ihre Smartwatch, aber der Mann winkte ab. „Ich weiß, meine Liebe, ich bin zu früh und ich sehe, du hast noch Kunden."

Die Chefin des Salons erhob sich und der Mann umarmte sie und gab ihr rechts und links einen Kuss auf die Wange. „Nein, Berni, die beiden Herrschaften sind von der Kripo."

Der Mann, den Mike Mitte vierzig schätzte, schlug eine Hand vor den Mund. „Oh, Cherie, natürlich, die entsetzliche Geschichte mit diesen K.o.-Tropfen. Ein Wunder, das du überhaupt schon wieder arbeitest." Dann wandte er sich an Mike. „Und, haben sie diesen Kerl?"

Mike hatte eine Augenbraue nach oben gezogen und Marianne wusste sofort, was er dachte, nämlich dass der Berni genannte schwul war. Durch sein Auftreten schien der das Klischee zu bedienen.

„Nein, wir ermitteln noch, Herr…"

Sein Gegenüber schüttelte den Kopf. „Wo habe ich nur meine Manieren, Bernhardt Kleider, sehr angenehm." Er deutete eine altmodische Verbeugung an.

Nadine Fischer deutete nach hinten. „Sandy ist heute einmal nicht da, deshalb ist etwas Unruhe. Geh doch schon hinter, ich bringe dir ein Glas Sekt und bin in zehn Minuten bei dir."

Sie warf Marianne einen fragenden Blick zu und diese nickte. Länger würde die Befragung definitiv nicht dauern.

„Lass dir Zeit, meine Liebe", sagte Kleider, nickte den beiden Beamten zu und verschwand hinter dem dichten Vorhang in den hinteren Bereich. Nadine Fischer folgte ihm und kam dann zurück.

„So, er ist versorgt", sagte sie und nahm wieder Platz. Dann sah sie von Marianne zu Mike. „Ich habe bereits alles ihren Kollegen erzählt. Meine Mineralwasserflasche steht, das heißt stand, immer hier neben dem Tresen. Während ich kassiere, trinke ich oft davon. An dem Tag auch. Dann war mir plötzlich irgendwie schwummrig und ich wollte mich setzen, bin aber wohl vom Stuhl gerutscht. Meine Mitarbeiterin Sandy Kraft ist alleinerziehende Mutter und daher nur halbtags bei mir. Sie war schon weg und ich hatte nachmittags nur noch zwei Kundinnen. Die eine Kundin, Annegret Felbig, hatte ich gerade fertig, hab sie kassiert und dann getrunken. Gott sei Dank kam Frau Büchner schon etwas eher, sie hat mich gefunden und die 112 gewählt."

Mike sah nach oben. „Sie haben eine Überwachungskamera?"

Sie schüttelte den Kopf. „Nein, das ist eine Attrappe. Ich dachte immer, falls mal ein potenzieller Dieb hereinkommt, wird er davon abgeschreckt. Hat wohl nicht geklappt in diesem Fall."

Sie zuckte die Achseln, dann setzte sie sich aufrecht hin. „Nachts habe ich eine Alarmanlage, die ist allerdings echt. Im Übrigen lasse ich jetzt keine Getränke mehr unbeaufsichtigt stehen."

Mike nickte. „Frau Fischer, sagen ihnen die Namen

Gundula Fritsch und Cordula Breske etwas?"

Marianne legte ihr inzwischen zwei Bilder hin.

Langsam schüttelte die Kosmetikerin den Kopf.

„Nein, die kenne ich beide nicht. Tut mir leid."

„Es sind auch keine Kundinnen von ihnen oder sie
sind sich irgendwo einmal begegnet, beim Sport vielleicht oder im Café?"

Mike sah sie forschend an.

Nadine Fischer zuckte die Achseln. „Tut mir leid,
nein. Kundinnen auf keinen Fall, so etwas würde ich
mir merken und auch so, nein, ich bin ihnen definitiv
noch nie begegnet."

Sie schob Marianne die Bilder hin. „Wissen sie, ich
habe schon von Berufswegen ein gutes Personenge-
dächtnis, ich würde mich erinnern."

Dann sah sie zu Mike. „Sind das auch Betroffene?"

Ihm fiel auf, dass sie nicht das Wort Opfer wählte,
was viele getan hätten. Sie wollte sich definitiv nicht
als ein solches sehen. Plötzlich wurde sie blass.

„Sie sagten vorhin, sie kommen von der Kriminalpo-
lizei. Soll das heißen…" Sie führte den Satz nicht zu
Ende.

Marianne sah sie mit ruhigem Blick an. „Wenn es
mehrere Fälle gibt, wie es sich jetzt darstellt, liegt natürlich eine hohe Priorität darauf, den Sachverhalt
zügig aufzuklären und den Täter zu ermitteln."

Erleichtert atmete die Kosmetikerin auf.

Marianne und Mike hatten sich im Vorfeld geeinigt,
nichts von Gundula Fritschs Tod zu erwähnen, zumal auch noch nichts durch die Medien nach außen

gedrungen war.

Mike lehnte sich etwas nach vorn. „Eine letzte Frage, Frau Fischer, haben sie Feinde?"

Nadine Fischer starrte ihn an. „Feinde?", fragte sie ratlos zurück.

Mike öffnete beide Hände in ihre Richtung. „Ein enttäuschter Verehrer, ein rachsüchtiger Ex- Freund, ein eifersüchtiger Lebenspartner, Geschäftskonkurrenten?"

Die Kosmetikerin sah ihn erst verdattert an, dann lachte sie hell auf. „Na sie sind kurios, Herr Hauptkommissar. Weder noch, meine Beziehungen endeten alle freundschaftlich und mein jetziger Lebenspartner ist mit Sicherheit kein Psychopath, seine Eifersucht ist, würde ich sagen, im völlig normalen Maß. Und Konkurrenz, nein, zu solchen Mitteln würde niemand greifen, warum auch? Nein, darüber habe ich mir zwar auch, wenn aber nur kurz, den Kopf zerbrochen. Ich denke eher, ich bin, wie die anderen Frauen auch, auf einen Verrückten hereingefallen, der sich wahllos Opfer sucht."

Sie deutete in Richtung Marianne, die noch die Bilder vor sich hatte.

„Wir sind ja nicht mal der gleiche Typ. Lange Haare, kurze Haare, blond, schwarz, brünett. Alles vertreten. Der Kerl hat wahllos Frauen mit seinen K.o.-Tropfen vergiftet."

Als Kosmetikerin war ihr das, was auch Mike und sein Team festgestellt hatten, natürlich sofort aufgefallen. Sie beugte sich über den Tisch.

„Finden sie den Verrückten", sagte sie und erhob sich. „War es das? "

Marianne sah zu Mike, der nickte.

„Danke, Frau Fischer, für ihre Zeit und jetzt widmen sie sich ihrem Kunden."

„Also, Frau Breske kann sich nicht erklären, wer ihr die K.o.-Tropfen in ihren Cappuccino gemischt haben könnte. Sie trinkt in der Bäckerei regelmäßig einen nach dem Wochenendeinkauf. Das hat ja auch die Verkäuferin so bestätigt. Jedenfalls ist Frau Breske eingefallen, dass ein Anruf sie abgelenkt hatte. Scheinbar ging es um irgendeine Befragung, so genau konnte sie es nicht mehr sagen, der Anrufer habe wohl sehr undeutlich und mit einem großen Akzent gesprochen, sie hat ihn nicht verstanden und schließlich das Gespräch beendet", fasste Mary Struwe das Gespräch zusammen, das sie gemeinsam mit Frieder Lein mit der zweiten Betroffenen, Cordula Breske, geführt hatte.

„Das kann ein Ablenkungsmanöver gewesen sein", warf Karsten Windisch dazwischen und mit einem breiten Grinsen schob Frieder ein neues Smartphone über den Tisch.

„Bitte. Vielleicht können unsere IT-ler etwas herausfinden. Frau Breske möchte es aber bitte zeitnah wiederhaben."

Mike nickte anerkennend. „Gut gemacht, Frieder. Und, sonst noch etwas?"

Mary zuckte leicht die Schultern. „Dem ersten Anschein nach ist Cordula Breske ganz treusorgende Ehefrau und Mutter, sie arbeitet halbtags als Buchhalterin in der Firma ihres Mannes, sonst kümmert sie sich um den Haushalt und die zwei Kinder. Sie geht zweimal die Woche zum Sport, sonst hat sie wenig Hobbys, eine beste Freundin, die auch mit ihr zum

Laufen geht und kennt weder Nadine Fischer noch Gundula Fritsch. Weder sie noch ihr Mann haben erkennbare Feinde, sie hat auch keinen Ex-Lover, da ihr Mann ihre Sandkastenliebe war und sie zusammen in die Schule gegangen sind, gemeinsam studierten und dann heirateten."

Sie ließ sich im Stuhl zurückfallen und faltete die Hände vor sich auf der Tischplatte.

Mike schüttelte den Kopf und schaute auf Mariannes Aufzeichnungen. „Keine Gemeinsamkeiten, keine Ähnlichkeiten vom Typ her, kein sichtbares Motiv. Also doch Zufallsopfer?"

„Da draußen rennt ein Irrer umher und kippt Frauen einfach K.o.-Tropfen in Getränke?"

Omar Amri schlug sich mit der Hand vor die Stirn. „Das ist doch verrückt."

„Vielleicht hat er einfach nur einen Hass auf Frauen im Allgemeinen?", wandte Frieder ein, aber Omar sah brummend zu ihm hin.

„Nein, so ein Hass bezieht sich meistens auf einen ganz bestimmten Typ, klein, groß, dunkel, blond, eben entsprechend dem Typ, auf den der Hass projiziert ist. Was weiß ich, die Frau, die ihn betrogen hat, die Mutter, die ihn misshandelt hat, so in der Art. Aber dieser …Mix, das irritiert mich."

Mike nickte ihm zu. „Nicht nur dich. Vor allen Dingen, ich habe Angst, es könnten noch weitere Anschläge dieser Art folgen und…"

„Und das müssen wir verhindern, unbedingt verhindern."

Alle Anwesenden starrten zur Tür, wo Staatsanwalt Doktor Konstantin Gebhardt im Türrahmen lehnte und jetzt über die Schwelle trat. Nach diesem Auftritt, anders konnte Mike es nicht nennen, schloss Gebhardt die Tür hinter sich und stellte sich neben den Beratungstisch, unmittelbar neben Omar.

„Wenn die Sache publik werden sollte, kann in der Stadt eine Panik ausbrechen, machen sie sich das bewusst. Jemand, der ohne scheinbares Motiv Frauen K.o.-Tropfen in Getränke mischt und das in aller Öffentlichkeit ist ein enormes Risiko. Und dann auch noch mit tödlichem Ausgang, da…"

„Gundula Fritsch ist nicht unmittelbar an der Dosis verstorben, sondern im Zusammenhang mit einem Aneurysma", fiel ihm Omar ins Wort.

Indigniert schaute der Staatsanwalt auf ihn herab.

„Das, Herr Professor Amri, ist wohl Wortklauberei."

„Nein, Herr Doktor Gebhardt, das ist mein Befund, den sie doch wohl kaum fachlich anzweifeln werden."

„Wie dem auch sei, ich halte es für besser, die Bevölkerung vorzuwarnen, allerdings dezent und ohne Panik zu verbreiten", warf jetzt Mike ein.

Angesichts der beiden Kontrahenten, die sich anstarrten wie zwei Alphawölfe vor einer Beißattacke und die daraus drohende Eskalation hielt er es für besser, einen, wenn auch nicht gerade diplomatischen Vorschlag zu machen. Mit Erfolg, denn Omars und Gerhardts Kopf fuhren in synchroner Einheit zu ihm herum.

„Willst du eine dezente Pressekonferenz halten?",
fragte Omar und lachte so laut, dass der gesamte
Tisch wackelte.

„Ich muss doch bitten", fuhr Gebhardt ihn, allerdings
erfolglos, an.

Dann folgte ein entrüsteter Blick zu Mike.

„Sie können doch nicht ernsthaft daran denken, damit so einfach vor die Presse zu treten?"

„Einfach? Nein und treten auch nicht. Aber ich werde
die Bevölkerung warnen lassen, Herr Staatsanwalt,
und zwar ohne dabei selbst in Erscheinung zu treten,
ob sie das jetzt gut finden oder nicht. Wenn sie der
Meinung sind, das Leben und die Gesundheit weite-
rer Frauen aufs Spiel setzen zu können, bitte, ich
nicht."

Ruhig stand Mike auf, gab Marianne ein verstecktes
Zeichen und nahm seinen Laptop.

„Wir sind dann fertig", sagte er und ging zur Tür.

„Aber…", hörte er noch Gebhardt sagen, da stand
Marianne schon hinter ihm und hatte die Tür ins
Schloss gezogen.

Kapitel 5

Kate war zuerst mit Bogdan in dessen Haus gefahren und hatte darauf bestanden, dass er sich rasierte und umzog. Dann fuhren sie gemeinsam in ihr Büro und Kate bemerkte, dass es die richtige Entscheidung ihrerseits gewesen war. Der frisch geduschte und gestylte Bogdan Serwowitsch schien damit einen Teil seiner alten Eloquenz zurückerhalten zu haben. Er machte einen ernsten, aber entschlossenen Eindruck, als er schweigend Kate die Wagentür öffnete, um sie aussteigen zu lassen.

Oben angekommen, lächelte Kate Maria zu, als bereits Chris aus seinem Zimmer geeilt kam. Das schlechte Gewissen war ihm förmlich ins Gesicht geschrieben. „Kate, ich…"

Sie hob die Hand und deutete auf ihr Büro. „Komm bitte mit rein, hast du Steven erreicht?"

Dieser trat, wie auf Stichwort, gemeinsam mit Matt aus dem Nebenraum.

Kate nickte. „Gut. Dann wollen wir mal. Maria, bringst du uns bitte etwas zu trinken und keine Störung für die nächste Stunde und wenn der Bundeskanzler anruft, ich bin nicht da."

Die Bemerkung lockerte zumindest die Stimmung etwas auf und Kate trat als erstes in ihr Büro, das sie erst gestern verlassen hatte, um eine Woche in Israel zu verbringen. Nun ja, es war anders gekommen. Nachdem alle Platz genommen hatten, sah Kate erst Steven Neubauer, ihren IT-Spezialisten und begnadeten Hacker und dann Matthew „Matt" Fisher, einen ehemaliger US- Marine und Scharfschützen an.

„Bogdan wird euch jetzt einen kurzen Überblick geben. Auch wenn euch Chris schon einige Details erzählt hat, halte ich es für besser, dass er nochmal alles Relevante zusammenfasst."

Es klopfte und Maria trat mit einem Tablett ein. Cappuccino für Kate und Chris, schwarzen Kaffee für Bogdan und Matt und grünen Tee für Steven. Dann schloss sie geräuschlos die Tür hinter sich.

Bogdan erzählte kurz und präzise in etwa das, was er bereits Chris erzählt hatte. Steven hob seinen Laptop, von dem einige behaupteten, er wäre mit ihm verwachsen.

„Kristines Handy war am Dienstag früh kurz nach acht Uhr das letzte Mal in ihrer Wohnung eingeloggt. Da sind auch die ganzen WhatsAppnachrichten versendet worden. Anschließend wurde es ausgeschaltet und wahrscheinlich auch die Simcard entfernt."

Matt wandte sich an Bogdan. „Hast du einen Schlüssel für ihre Wohnung?"

Dieser nickte. „Natürlich. Ich habe mich auch schon umgesehen, flüchtig natürlich. Ich wollte nicht in Kristines Sachen wühlen…" Er brach ab und räusperte sich.

Kate strich ihm kurz über den Arm. „Ich denke, sie wird uns das nicht übelnehmen."

Sie sah den Ex-Marine an. „Wir zwei nehmen uns dann die Wohnung vor."

Dann schwenkte ihr Blick zu Bogdan. „Kannst du dich gemeinsam mit Chris noch mit der Pflegerin von Kristines Mutter unterhalten? Vielleicht kann sie uns einen Hinweis geben, ganz gleich wie unwichtig ihr das auch bisher erschienen ist?"

Es war klar, das Kate Bogdan nicht mit in Kristines Wohnung haben wollte. Ob dieser das auch bemerkte, konnte sie nicht einschätzen, jedenfalls zeigte er keine Regung.

Langsam nippte sie von ihrem Cappuccino. „Steven, du schaust, ob ihr Handy sich irgendwann nochmals einloggt."

Der nickte. „Schon passiert. Wenn, dann bekomme ich es zeitgleich angezeigt." Dann sah er Kate an.

„Wäre gut, wenn ihr ihren Laptop findet."

Bogdan schüttelte den Kopf. „Ich habe schon geschaut, er steht sonst immer auf ihrem Schreibtisch, aber da war er nicht. Logischerweise hätte sie ihn mitgenommen, wenn sie verreist." Er senkte den Kopf.

Steven seufzte. „Nicht so schlimm, wäre auch zu schön gewesen."

Kate hatte inzwischen einen Blick zu Chris geworfen, der sich erhob.

„Bogdan?", fragte er auffordernd und dieser erhob sich.

„Ja, fahren wir", murmelte er und gab Kate den Schlüssel zu Kristines Wohnung. Sie spürte, wie er dabei zögerte, aber auf ihr Nicken hin ließ er ihn in ihre Hand fallen. Dann folgte er Chris schweigend nach draußen. Nachdem die beiden Männer die Tür hinter sich geschlossen hatten, sah Kate Steven an.

„Für den Fall, das sich Kristine wirklich abgesetzt hat, wird sie früher oder später Geld benötigen. Ich sehe zu, was wir an Bankunterlagen finden, und schicke es dir sofort zu."

Der Computerexperte nickte. „Hältst du es denn für möglich?", fragte er nach und Kate seufzte leise.

„Eigentlich nicht, aber wir sollten alle Möglichkeiten in Betracht ziehen."

Dann sah sie Matt an. „So, wir beiden schauen uns dann mal die Wohnung an. Gehen wir von der Tatsache aus, Kristine wurde in ihrer Wohnung überwältigt und entführt. Nach solchen Spuren sollten wir suchen." Der ehemalige US-Marine nickte.

„Und sie wollen wirklich, dass ich diese Story schreibe?", fragte Maximilian Krause, Journalist der *Freien Plauener Stimme,* nachdem Mike vor zehn Minuten die kleine Redaktion in der Moritzstraße betreten und ihm einige Details erläutert hatte. Der junge Mann starrte Mike an, als wäre er nicht mehr Herr seiner Sinne.

Mike musste unwillkürlich lächeln. Noch vor ein paar Monaten wäre Max, wie er allgemein genannt wurde, wie eine Heuschrecke über einen derartigen Artikel hergefallen, ohne Rücksicht auf Verluste. Aber seit er in der Hand einer mörderischen Stalkerin war, die ihn fast verdursten lassen hatte und er es nur Mike und Kate verdankte, dass er noch lebte, sprach er alle heiklen Artikel, die die Polizeiarbeit betraf, mit Mike ab.

Dieser nickte bestimmt. „Ja, und berufen sie sich auf nicht genannte Kreise der Plauener Polizei. Keinesfalls will ich, dass sie mich oder meine Abteilung namentlich erwähnen."

Maximilians Finger, die blitzschnell inzwischen über die Tastatur geglitten waren, nickte. „Gut, ich gebe es als Warnung heraus, dass Frauen, wo sie sich auch immer befinden, ihre Getränke nicht aus den Augen lassen. Von dem Todesfall kein Wort, nur das bisher drei Frauen zu Schaden kamen, was aus Kreisen der Plauener Polizei zu erfahren war."

„Sehr gut", murmelte Mike und Max grinste etwas. „Ach", ergänzte Mike, „Das Wichtigste. Sollte es Opfer geben, nein, schreiben sie Betroffene."

Er erinnerte sich an die Worte von Nadine Fischer. „Sollen diese sich umgehend bei der Polizei melden.", beendete der Journalist den Satz. Dann deutete er auf seinen Rechner. „So in etwa? Die Feinheiten kommen noch, aber den Inhalt werde ich nicht mehr verändern."

Mike las den Text durch und nickte. „Genau so, wann erscheint er?"

Max sah auf seine Uhr. „In einer Stunde online, die Printversion allerdings erst morgen."

„Das reicht." Mike wusste, dass die Zielgruppe von der *Freien Plauener Stimme* sowieso das Onlineformat las. Danach würde sich die Geschichte sowieso rasend schnell in den sozialen Netzwerken verbreiten und da die betroffenen Frauen zwischen Mitte Zwanzig und Anfang Vierzig waren, dürfte diese Altersgruppe, so er Täter es darauf abgesehen hatte, sowieso online vernetzt sein.

Er klopfte Max auf die Schulter, nickte dessen Mitarbeiterin Sandy lächelnd zu und verließ die kleine Redaktion.

Das würde Gebhardt so gar nicht schmecken, das wusste er, aber es interessierte ihn ziemlich wenig. Für ihn war nur wichtig, diesen Irren zu stoppen und nicht noch mehr Frauen zu gefährden.

Kate betrat gemeinsam mit Matt die Eigentumswohnung von Kristine Domatsch. Neben der zentralen Lage punktete sie mit einem eigenen Parkplatz in der Tiefgarage und einem Balkon, der über zwei der großzügig geschnittenen Räume ging.

Die Wohnung selbst war sparsam, aber geschmackvoll möbliert und passte zu dem Bild, das sich Kate von den Begegnungen mit Bogdan Serwowitschs Verlobten gemacht hatte.

Matt war in der Tür zum Wohnraum stehen geblieben und scannte den vor ihm liegenden Raum ab. Kate stand neben ihm und bewegte sich nicht vorwärts. Als ehemaliger Scharfschütze hatte er ein Auge für Details, die anderen oft verborgen blieben. Schon an der Tür hatte er kurz das Schloss begutachtet und dann gleichzeitig, wie Kate, den Kopf geschüttelt, die denselben Gedanken wie er hatte.

Eingebrochen war definitiv hier niemand und da die Wohnung im dritten Stock lag, war die Wahrscheinlichkeit über den Balkon, der von der Straße sehr gut einsehbar war, gering.

Nein, wenn irgendjemand Kristine Domatsch entführt hatte, dann hatte sie den- oder diejenige selbst hereingelassen.

Matt ging auf einen der Sessel zu und deutete nach unten. Jetzt sah auch Kate leichten Abrieb auf dem hellen Parkett.

„Er wurde nach hinten geschoben, ziemlich heftig." Während er in die Knie ging, ließ Kate ihren Blick über den Fußboden schweifen. Dieser war an allen anderen Stellen makellos. Mit Sicherheit hätte Kristine, wenn ihr denn dies passiert wäre, die Streifen sofort beseitigt.

Matt sprang wieder auf die Füße. „Es könnte so gewesen sein, dass Kristine in diesen Sessel geworfen wurde, oder selbst mit Schwung hineingefallen ist", murmelte er und ging um den Sessel herum.

Langsam schüttelte er den Kopf, als sein Blick auf Kate fiel. „Kristine ist größer als du, aber vom Gewicht müsste es hinkommen."

Er legte den Kopf etwas schräg und Kate nickte.

Dann schubste er sie in den Sessel, der sich nur minimal bewegte.

„Nein", sagte Kate und sah nach unten. „So war es also nicht."

Ehe sie aufstand, beugte sich Matt zu ihr hinunter.

„Probieren wir also das, wehr dich etwas, aber nicht zu sehr. Kein Karateeinsatz", warnte er mit einem Augenzwinkern und Kate prustete etwas.

Er packte sie an den Schultern, sie stemmte dagegen und ein kleiner Kampf entspann sich. Schließlich drückte Matt Kate so fest in das Polster, das der Sessel mit einem Ruck zurückfuhr. Er kippte nicht, sondern ratterte fast über den Parkettboden.

Matt ließ Kate los und deutete nach unten. „Schau, die gleichen Spuren."

Kate nahm ihr IPhone und fotografierte die alten und neuen Spuren auf dem Parkett. Dann holte sie tief Luft.

„Trotzdem, als Beweis dient das nicht", dämpfte sie

jede Erwartung und Matt nickte.

„Der Polizei nicht, aber uns?" Er warf ihr einen Blick zu und Kate lächelte etwas.

„Wir sind nicht die Polizei", sagte sie trocken.

Dann gingen sie in Kristines Arbeitszimmer, der Schreibtisch war aufgeräumt, aber ein Laptop stand nirgends, wie es auch Bogdan bereits bemerkt hatte. Kate öffnete den ersten Schrank. Matt beugte sich zu den Fächern des Schreibtischs.

„Was suchen wir?", fragte er.

„Bankunterlagen und möglichst irgendetwas, was uns etwas über Kristines Verbleib sagt."

Nach einer halben Stunde hatten sie Bankunterlagen gefunden, aber sonst nichts Verwertbares, was sie weiterbringen könnte.

Schließlich betraten sie das Schlafzimmer. Wieder blieb Matt erst auf der Schwelle stehen. Dann deutete er auf das breite Bett. „Sie wollte sich eine Auszeit nehmen und hat alle per WhatsApp informiert. Es war also geplant?" Kate nickte.

„Gut, und dann hat diese so akkurate Frau ihr Bett so schlampig gemacht?"

Sie schlug ihrem Mitarbeiter anerkennend auf die Schulter.

„Du hast ein perfektes Auge", lobte sie und sah es jetzt auch. Das Bett war zwar einigermaßen gemacht, aber nicht so, wie es sich für diese Art von Wohnung gehörte. Das Bettlaken hing an einer Seite etwas her-aus und die Überdecke war eher nachlässig aufge-legt.

Matt grinste etwas. „Ein ehemaliger Marine kann eins, ein Bett akkurat in wenigen Minuten machen", scherzte er. Dann wurde er ernst.

„Ich denke, Kristine lag noch im Bett oder war gerade aufgestanden, als es klingelte. Sie ließ den oder die Täter herein."

„Warum?", fragte Kate dazwischen.

Matt sah sie irritiert an. Sie hob beide Hände.

„Kristine lässt doch nicht mir nichts, dir nichts wildfremde Menschen in ihre Wohnung?"

Er nickte langsam. „Entweder hat sie ihn oder sie gekannt oder es handelte sich um eine vermeintlich befugte Person, Hausmeisterdienst, Polizei oder etwas in der Art."

Kate ging zum Kleiderschrank. Zwar war ihr nicht wohl dabei, in der Wäsche einer anderen Frau zu wühlen, aber sie war sich sicher, dass Kristine es verstehen würde. Sie öffnete die Schranktüren weit und ließ ihre Blicke schweifen.

Matt war neben sie getreten.

„Das hier ist jetzt so ein Frauending", murmelte er und Kate warf ihm einen Blick zu, der Bände sprach. Mit einem verkniffenen Lächeln sah sie sich um.

„Einige Kleiderbügel sind leer und hier…"

Sie deutete auf eine sichtbare Lücke im Kleiderschrank und Abdrücke auf dem hellen Holz des Bodens „Da stand mit Sicherheit der Koffer, den Bogdan erwähnt hat, ein größerer, nach dem Radabstand zu urteilen."

Sie öffnete ein paar Schubladen, dann wandte sie sich

einem kleineren Schrank zu und öffnete ihn.

„Schuhe fehlen auch."

Langsam schloss sie alle Schranktüren wieder.

„Sieht also so aus, als hätte sie gepackt und wäre abgereist."

Sie ging zum Bad und sah sich um. Neben einigen Kosmetikprodukten, die eindeutig weiblich waren, stand eine zweite Zahnbürste, ein Rasierapparat und ein Aftershave auf einer Ablage, dass sie Bogdan zu ordnen konnte, weil sie seine Marke kannte.

Schließlich schlenderte sie zu dem Wäschekorb in der Ecke und öffnete ihn. Er war leer.

„Hier stimmt was nicht", sagte sie und winkte Matt heran.

Er sah sie fragend an. „Nimmst du deinen gebrauchten Schlafanzug mit, wenn du wegfährst?"

Er machte einen völlig verdutzten Eindruck. „Was?"

Kate zog die Augenbrauen nach oben.

„Der Wäschekorb ist leer, wo ist ihr Schlafanzug?"

Jetzt verstand Matt und zuckte die Schultern.

„Vielleicht schläft sie nackt? Soll es ja auch bei Frauen geben."

Kate lächelte. „Bestimmt, aber nicht Kristine. Wir zwei haben uns nämlich mal durch Zufall darüber unterhalten und sie meinte, sie sei eine absolute Frosthummel und bevorzuge eher kein Seidenpyjama sondern etwas Flauschiges."

Sie ging mit ihm zurück ins Schlafzimmer und zog eine Schublade auf. Ein heller Schlafanzug quoll ihnen entgegen.

„So etwas", sagte sie und strich über das wollartige Material.

Matt runzelte konzentriert die Stirn und nickte verstehend. „Gut. Der Typ ist mit irgendeinem Trick hier hereingekommen, denn Kristine hat ihm die Tür geöffnet. Sie hatte bis dahin noch im Bett gelegen oder war gerade aufgestanden."

Er wanderte in Richtung Wohnzimmer, wohin Kate ihm folgte. „Dann hat er sie hier in diesen Sessel geworfen, sie hat sich zur Wehr gesetzt, aber er hat sie überwältigt."

Kate sah sich um. „Gut", fuhr sie fort. „Er hat sie geknebelt und gefesselt, denn er hat Zeit gebraucht. Er musste den Koffer packen, das Bett richten, die WhatsAppnachrichten verschicken. Steven hat festgestellt, dass diese gegen 8.00 Uhr bei den Betreffenden angekommen sind, und zwar war Kristines Handy hier eingeloggt. Aber wie hat er sie hier weggebracht, ihren Koffer und ihr Auto? Vor allen Dingen, was hat er in der Zeit mit Kruste gemacht? Auch wenn er kein Wachhund, sondern ein absoluter Schmusebär ist, der Hund ist ein riesiges und beeindruckendes Tier und ich glaube schon, dass er im Notfall sein Frauchen verteidigen würde."

Matt nickte langsam.

„Ich denke, er kam ohne Auto hier her, damit wäre ein Problem schon gelöst, er hätte den Koffer hinunterbringen können, immerhin hat das Haus einen Lift, der bis in die Tiefgarage geht. Aber Kristine, gefesselt und geknebelt oder nicht, sie hat sich mit

Sicherheit gewehrt. Ein großes Risiko. Es war am Tag, ich glaube nicht, dass er nach dem Versenden der WhatsApps noch länger in der Wohnung geblieben ist. Und Kruste, wenn er eingesperrt gewesen wäre, hätte doch gebellt wie verrückt, dass hier ist doch kein Einfamilienhaus irgendwo in der Pampa."
Kate hatte den Ordner mit den Bankunterlagen unter den Arm geklemmt.
„Komm, wir fragen die anderen Eigentümer, das kann doch nicht unbemerkt geblieben sein."

An der Wohnung unter Kristine klingelten Matt und Kate erfolglos, aber in der ersten Etage klangen ihnen Kinderstimmen entgegen, als sie klingelten.

Die Tür wurde aufgerissen und ein Junge und ein Mädchen, die beide um die vier Jahre alt sein mussten, vermutlich Zwillinge, fielen ihnen fast entgegen.

„Paul, Karla, ihr sollt nicht einfach die Tür öffnen."

Eine junge Frau mit T-Shirt und Jogginghose kam in den Flur gerannt und zog die Kinder zurück von der Tür.

„Wer seid ihr?", fragte das Mädchen und musterte die beiden Fremden neugierig. Kate hielt der jungen Frau lächelnd ihre Karte hin.

„Katherina Schulz- private Ermittlungen und das ist mein Kollege Matthew. Wir ermitteln im Auftrag von Herrn Serwowitsch. Seine Verlobte, Frau Domatsch, ist seit ein paar Tagen nicht erreichbar."

Die junge Frau runzelte etwas die Stirn, dann wandte sie sich an die neugierig zappelnden Kinder.

„So, ihr beiden verschwindet jetzt mal in eure Zimmer, flott, flott."

Sie lachte und schob sie in Richtung Kinderzimmer, wo die beiden folgsam, wenn auch zögerlich verschwanden. Dann deutete sie nach innen. „Na, da kommen sie mal herein."

„Wir halten sie auch nicht lange auf, Frau Mischke", sagte Kate, die den Namen am Klingelschild gelesen hatte.

Sie betraten eine gemütliche, rustikale Wohnküche, die sich völlig von der von Kristine Domatsch unterschied.

Nachdem sie Platz genommen hatten, fragte Kate.

„Es geht um den vergangenen Dienstag, früh gegen 8.00 Uhr. Haben sie da irgendetwas Ungewöhnliches gehört oder gesehen?"

Die junge Frau sah von Kate zu Matt. „Sie denken, ihr ist etwas zugestoßen? Aber da müsste doch die Polizei…" Sie brach ab.

Kate spürte, dass die Frau ihnen misstraute und sich fragte, wen sie da so arglos in ihre Wohnung gebeten hatte. Daher nickte sie verstehend.

„Mein Mann ist Hauptkommissar Köhler von der Kripo Plauen, aber er kann nicht so einfach ermitteln. Frau Domatsch ist eine erwachsene Frau, sie kann sich aufhalten, wo sie will und solange kein Verbrechen nachgewiesen werden kann." Sie hob die Hände.

Verstehend nickte die junge Frau. „Aha und deshalb ermitteln sie."

Kate lächelte sie an. „Genau. Und wir wissen, dass ihr Handy zuletzt am Dienstag um 8.00 Uhr in ihrer Wohnung eingeloggt war."

Die junge Frau erhob sich und nahm einen großen, dick beschriebenen Kalender von der Wand. Dabei zuckte sie entschuldigend die Schultern. „Bei uns ist jeden Tag etwas anderes, ich muss nachschauen. Dienstag, sagten sie?"

Sie fuhr über die Spalte. „Ah, also, mein Mann ist Bauleiter und hat zurzeit ein etwas schwieriges Projekt in Bayern. Da ist der erst am Wochenende zu

Hause. Also, Dienstag, ich bin mit den Kindern gegen 7.15 Uhr aus dem Haus, denn ich habe erst Karla in die Kita gebracht und hatte dann mit Paul, wie immer dienstags, einem Termin beim Logopäden."

Sie atmete tief durch. „Er stottert etwas", erklärte sie. „Dann habe ich auch ihn in die Kita gebracht und war anschließend bis 14.00 Uhr arbeiten. Ich arbeite in einer Anwaltskanzlei, allerdings nur ein paar Stunden, wegen der Kinder."

Kate kombinierte. Falls sich der oder die Täter vorher genau erkundigt hatten, wussten sie also, dass Frau Mischkes Sohn jeden Dienstag einen Logopädietermin hatte. Damit wäre sie als potenzielle Zeugin aus dem Schussfeld.

„Über ihnen, die Wohnung, ist da niemand zu Hause?", fragte jetzt Matt.

Frau Mischke schüttelte den Kopf.

„Die Wohnung gehört Herrn und Frau Reimann. Sie haben noch eine kleine Finca in Spanien, geerbt von ihrem Vater. Jedenfalls verbringen sie dort den Winter und kommen nicht vor Mai wieder und Ende Oktober sind sie wieder weg. Die Schwiegertochter schaut ab und an nach dem rechten."

Matt sah Kate an. Blieb also nur noch das Erdgeschoss. Kate fragte danach.

Die junge Frau schüttelte wieder den Kopf.

„Die werden ihnen nicht viel sagen können. Herr und Frau Rose gehen immer vor sieben aus dem Haus. Sie ist Direktorin am Gymnasium und er Bankdirektor. Da wird es auch abends immer spät. Der Sohn studiert, in Freiburg, glaube ich."

Das war also auch geklärt.

„Frau Mischke, gab es irgendetwas, was ihnen an diesem Tag oder den Tagen davor aufgefallen ist?"

Die junge Frau sah Kate an, dann dachte sie angestrengt nach.

„Nein, nichts. Ich weiß nur, als ich mit den Kindern losgefahren bin, stand Frau Domatschs Auto auf ihrem Platz, wie immer, wenn sie zu Hause ist. Ich hatte sie ja noch Montagabend getroffen, als sie mit dem Hund raus ist."

Sie lächelte. „Die Kinder mögen Kruste so gern. Es ist seltsam, bei Erwachsenen ist er immer so ungestüm, aber bei meinen beiden Mäusen ist er ganz zart und lieb, ganz gleich, wie toll sie ihn knuddeln."

„Wie spät war das?", fragte Kate nach.

„Das war 23.00 Uhr", antwortete sie spontan. „Sie geht da immer noch eine Runde, das er früh nicht so zeitig raus muss. Ich bin noch mal schnell an den Müll gegangen. Da haben wir noch ein paar Worte gewechselt, über das Wetter, das Übliche halt."

Matt sah sie eindringlich an.

„Und sie hat nichts gesagt, dass sie am nächsten Tag verreisen will?"

Frau Mischke dachte angestrengt nach. „Nein, kein Wort." Dann runzelte sie die Stirn.

Kate gab Matt ein Zeichen, nichts zu sagen, um deren Gedankenfluss nicht zu unterbrechen.

„Das ist wirklich seltsam. Wenn sie dienstlich wegmusste, hat sie Kruste immer schon am Abend vorher zu ihrer Hundepension gebracht. Sie hat mir mal erzählt, sie wolle früh dann keinen Stress, nicht für sich und nicht für den Hund."

Kate erhob sich. „Danke, Frau Mischke, sie haben uns sehr weiter geholfen."

Verstört sah diese zwischen ihren beiden Besuchern hin und her.

„Sie denken also wirklich, ihr ist etwas passiert? Oh Gott, treibt sich hier etwa ein Verrückter herum? Erst heute stand etwas in den Netzwerken, dass in Plauen so ein K.o.-Tropfen Täter sein Unwesen treibt und jetzt noch das?" Ihre Stimme hatte einen schrillen Klang angenommen.

„Mami, ist etwas mit Kristine und Kruste passiert?"

Die Erwachsenen fuhren herum und das kleine Mädchen schaute erschrocken in ihre Gesichter.

„Karla", stammelte ihre Mutter und Kate hockte sich spontan vor die Kleine hin. „Nein, den beiden ist nichts passiert und es passiert ihnen auch nichts, versprochen", sagte sie, denn die Kleine erinnerte sie an ihre Patentochter Emma.

Karla runzelte angestrengt ihre Stirn, dann sah sie zu Matts imposanter Gestalt hinauf.

„Du beschützt sie wohl?", fragte sie und der Ex-Marine nickte ernst.

„Natürlich", sagte er mit dem Brustton der Überzeugung.

Scheinbar zufrieden damit, drehte sie sich um und rannte zurück in ihr Kinderzimmer.

„Paul, der große Mann beschützt Kristine und Kruste

und bestimmt auch uns", hörte man sie bis in die Küche rufen.

Erleichtert atmete ihre Mutter auf.

„Danke", sagte sie an Kate und Matt gewandt.

„Ich habe vergessen, dass die kleine Dame sehr neugierig ist und sich anschleichen kann, wie ein Indianer, oder sagt man das heute nicht mehr?"

Alle drei lachten und Frau Mischke brachte sie zur Tür.

Kate war völlig erledigt, als sie die Haustür aufsperrte. Das Versprechen zu geben, pünktlich zu Hause zu sein, war natürlich illusorisch gewesen. Jetzt ging es auf Mitternacht und Kate ging leise in den Flur, als sie witternd die Nase hob. Es roch einfach wunderbar, und ihr Magen reagierte prompt mit einem heftigen Knurren.

Seit dem Imbiss auf dem Münchner Flughafen hatte sie nichts mehr gegessen, dafür jede Menge Kaffee getrunken.

Mike saß im Wohnzimmer und schaute eine Reportage im Fernsehen an. Als sie eintrat, nahm er die Fernbedienung, schaltete aus, stand auf und schloss sie wortlos in die Arme.

Erschöpft ließ Kate ihren Kopf an seine Schulter fallen. „Ich geh nur schnell duschen", sagte sie nach einer Weile und Mike nickte.

Als sie zehn Minuten später in der Küche erschien, eingehüllt in ein großes Badetuch und mit feuchten Haaren, hatte Mike ihr bereits einen fertigen Teller hingestellt. „Das hat Jasmin vorhin rübergebracht, Omars Mutter hat wieder einmal für eine ganze Fußballmannschaft gekocht."

Kate nickte nur und stürzte sich über die arabischen Köstlichkeiten, die nicht nur verführerisch rochen, sondern auch vorzüglich schmeckten. Nach einer Weile lehnte sie sich zurück und schob den leeren Teller von sich.

„Ich wusste gar nicht, wie hungrig ich wirklich war", sagte sie und atmete tief durch.

Mike hatte sich ihr gegenüber auf den Stuhl gesetzt und schweigend zugeschaut, wie sie aß. Jetzt stand er auf. „Komm, lass uns in die Bibliothek gehen, oder bist du zu müde?"

Das Essen schien ihr neue Energie gegeben zu haben, also schüttelte sie den Kopf und folgte ihm. Sie kuschelte sich zusätzlich noch in eine Wolldecke ein und sah Mike an.

„So, da bin ich also wieder", bemerkte sie trocken und er lachte auf. „Ja, da bist du wieder. Und, was ist jetzt mit Bogdan und mit Kristine, hast du etwas in Erfahrung bringen können?"

Kate gab ihm einen kurzen Abriss des Geschehens. „Im Übrigen", schloss sie ihren Bericht. „Ihr Handy ist weiter abgeschaltet und Geld hat sie auch keines abgeholt."

Mike wog den Kopf hin und her. „Wenn jemand abtauchen will, stellt er sein Handy ab und Geld kann sie vorher abgehoben haben, in kleinen Beträgen, über einen gewissen Zeitraum", sagte er zögerlich. Als Kate etwas antworten wollte, hob er die Hand. „Aber du hast recht, die Sache mit Kruste ist seltsam, warum hat sie ihn nicht selbst in die Tierpension gebracht, wie sie es sonst immer tut? Hat Bogdan etwas bei ihrer Mutter und deren Pflegerin herausbekommen?"

Kate schüttelte den Kopf. „Elisabeth Domatsch war wohl noch verwirrter als sonst und die Pflegerin konnte auch nichts anderes sagen, als dass sie es merkwürdig findet, dass Kristine ihr eine WhatsApp geschickt hat, aber vor allem nicht gesagt hat, wohin sie fährt. Das hätte sie noch nie gemacht."

Mike legte den Kopf in den Nacken und atmete tief ein und aus. „Also gut, ich hoffe, es fliegt uns nicht um die Ohren. Gehen wir von einer Entführung aus. Ich löse morgen früh einen stillen Alarm aus, so nenne ich das jetzt mal. Dann soll sich Karsten mal die Wohnung vornehmen, inklusive dieser Sesselspuren. Wenn er etwas findet, lasse ich ihr Auto zu Fahndung ausschreiben."

Langsam senkte er den Kopf und sah Kate an. „Hoffentlich hat sie nicht wirklich kalte Füße bekommen und ist abgetaucht."

Vehement schüttelte Kate den Kopf. „Nein, ist sie nicht, vertrau mir."

Er nickte. „So, und deswegen bist du nicht geflogen. Willst du ausschlafen und schauen, dass du morgen noch eine Maschine bekommst? "

„Nein", sagte sie bestimmt. „Ich habe ein ganz schlechtes Gefühl. Ich bleibe und Tante Sarah hätte es verstanden." Sie lächelte still vor sich hin. „Außerdem mochte sie Bogdan. Sie wäre außer sich, wenn ich ihm nicht helfen würde, das weiß ich genau." Dann sah sie wieder zu Mike. „Und bei euren K.o.-Tropfen? Ich habe vorhin Max Artikel gelesen, da steckst doch du dahinter? Von wegen aus Kreisen der Polizei..."

Mike lachte auf. „Gebhardt macht mächtig Druck, er wollte die Bevölkerung nicht verunsichern, dabei hat er nur Angst vor Gegenwind. Da habe ich diesen

Weg gewählt."

Er wurde ernst. „Ich kann es nicht verantworten, dass noch weitere Frauen zu Schaden kommen, so sind sie wenigstens gewarnt und können besser auf ihre Getränke aufpassen. Außerdem könnten es noch mehr Betroffene sein."

Kate nickte verstehend. „Und ein Muster, ist das erkennbar?"

Er schüttelte den Kopf. „Weder Alter noch Haarfarbe noch Beruf." Er klang resigniert.

Kate befreite sich aus ihrer Wolldecke und zog das Badetuch fester um sich. „Komm, lass uns schlafen gehen. Ich glaube, wir können beide vor Müdigkeit nicht mehr logisch denken."

„Guten Morgen, Herr Kleider", sagte Mike erstaunt, als er vor seinem Büro den Mann aus dem Kosmetikstudio von Nadine Fischer sitzen sah.

Dieser erhob sich und reichte ihm die Hand. „Nadine hat mir gesagt, ich solle ihnen meine Beobachtung mitteilen."

Mike forderte ihn mit einer Geste auf, gleich mitzukommen und ließ ihn Platz nehmen. Er sah ihn aufmerksam an, auch wenn sein Blick kurz auf die Uhr fiel, in zwanzig Minuten war Besprechung.

„Nun Herr Kleider, was haben sie beobachtet?"

Dieser setzte sich aufrecht auf die äußere Stuhlkante und holte tief Luft. „Also Nadine hat mir ja während der Behandlung erzählt, wie das mit ihrem Mineralwasser war. Also wissen sie, Herr Hauptkommissar, das ist doch einfach infam, jemand auf so hinterhältige Weise…"

„Herr Kleider, bitte, ihre Beobachtung", unterbrach Mike ihn, denn würde er ihn weiterreden lassen, wären die zwanzig Minuten herum und der Mann ihm gegenüber wäre noch immer nicht auf den Punkt gekommen, so schätzte er ihn ein.

Fast sah es aus, als schmolle Kleider, bekam sich aber schnell wieder in den Griff.

„Ja, natürlich, entschuldigen sie. Eine Schwäche von mir, ich bin so ein Plaudertäschchen."

Als er Mikes Blick sah, hob er die Hand. „Gut, also. Nadine sagte mir, wann es ungefähr passiert sein musste, also zeittechnisch gesehen, und zwar zwischen 14.30 und 15.30 Uhr. Nach der Mittagspause hatte sie nämlich noch aus der Flasche getrunken und da war nichts. Erst 14.30 Uhr kam ihre vorletzte Kundin."

Er holte kurz Luft und Mike war sich nicht sicher, ob das nicht eine dramatische Pause war. Er biss sich etwas auf die Lippe, um nichts zu sagen. Der Mann war einfach nervtötend.

„Ich kam gegen 14.40 Uhr vorbei, weil ich auf dem Weg ins Café Müller war, um einen Freund zu treffen."

Wieder eine Pause, die von einem Lächeln begleitet wurde. Da Mike keinerlei Regung zeigte, fuhr er fort.

„Da kam aus Nadines Salon eine Frau. Ich hatte mir nichts dabei gedacht, aber als ich es ihr erzählte, sagte sie mir, sie habe um diese Zeit weder eine Kundin erwartet, die war ja schon da und es sei auch niemand im Laden gewesen zwecks eines Termins."

Jetzt hatte er Mikes volle Aufmerksamkeit. „Und das wissen sie genau?"

Fast beleidigt sah Kleider ihn an. „Natürlich. Ich weiß doch, was ich gesehen habe und es war auch um diese Zeit, denn 14.45 war ich verabredet und ich war pünktlich. Wie immer", schob er noch nach.

Mike ignorierte das. „Können sie die Frau beschreiben?"

Sein Gegenüber überlegte kurz. „Ja, doch. Mittelgroß, schlank, sie trug eine Mütze, so eine Art Barett, einen Mantel, braun und braune Schuhe mit einem kleinen Blockabsatz. Eine helle Hose, beige. Dazu eine mittelgroße Umhängetasche, Stoff, abgesteppt, auch braun,

aber heller als der Mantel. Solide Mode, keine Billig-
ware, aber auch keine Designerstücke."

Mike nickte anerkennend. „Sie haben ja eine ausge-
zeichnete Beobachtungsgabe", lobte er und Kleider
wurde leicht rot.

„Naja, ist ja mein Beruf. Immerhin arbeite ich in einem Bekleidungshaus."

Verstehend nickte Mike. „Könnten sie uns bei einem
Phantombild helfen?"

Ohne zu zögern, nickte Kleider. Mike ergriff das Telefon. „Frieder, kannst du bitte mal einen Zeugen hier
bei mir abholen und zu Marina bringen? Ich denke,
er kann uns bei einem sehr guten Phantombild helfen."

Dann stand er auf. „Ein Kollege bringt sie zu unserer
Zeichnerin. Sie wird gemeinsam mit ihnen am PC ein
Phantombild erstellen."

Als Frieder eintrat, reichte er Kleider die Hand. „Vielen Dank, Herr Kleider."

Dieser lächelte. „Wenn ich helfen kann, diese entsetzliche Sache zu klären, gern doch." Damit ging er mit
Frieder hinaus.

Mike lehnte sich zurück. Wenn Kleiders Beobachtung
stimmte, und so schien es, hatten sie es mit einer Frau
als Täterin zu tun.

Kate hatte neben Bogdan auch Steven, Matt und Chris zu sich ins Büro gebeten. „Nachdem, was uns gestern Kristines Nachbarin berichtet und wir selbst in der Wohnung gesehen haben, hat sich Mike bereit erklärt, es als einen Vermisstenfall einzuordnen. Also wird entsprechend gehandelt. Die Spurensicherung dürfte schon in der Wohnung sein."

„Danke", sagte Bogdan leise und nickte Kate und Matt zu.

„Trotzdem, es ist noch nicht offiziell und falls Karsten keine Spuren finden sollte…" Kate holte Luft.

„Aber wir werden auch weiter dranbleiben", versicherte sie ihm.

Bogdan nickte. „Ich habe selbst einige Nachforschungen angestellt", sagte er. „Und ich habe auch Leute", hier räusperte er sich, „sensibilisiert, ihre Augen und Ohren aufzuhalten."

Er sah, das Kate scheinbar nicht glücklich mit dieser Entwicklung war.

„Ich verspreche dir, alles, was ich erfahre, werde ich dir sofort mitteilen, keine Alleingänge", sagte er in ihre Richtung.

Sie nickte. „Und, hast du etwas erfahren?"

Resigniert schüttelte er den Kopf. „Nichts, gar nichts. Ich habe den Araber darum gebeten, seine Beziehungen zu nutzen, aber ohne Erfolg. Und wenn er nichts weiß, dann…"

Hilflos ließ er die Schultern sinken.

Der Araber war nicht nur ein Phantom, das schon lange wegen Drogendelikten von der Polizei gesucht wurde, er war inzwischen so etwas wie eine Legende und Kate hatte auch bereits seine Hilfe in Anspruch genommen.

„Das ist in der Tat seltsam", ließ sich Matt vernehmen und Kate nippte stirnrunzelnd an ihrem Cappuccino. Dann stellte sie die Tasse ab, stand auf und trat an das Fenster.

Um diese Zeit war auf der Neundorferstraße relativ wenig Betrieb. Lediglich vor der ehemaligen Feuerwache, die jetzt eine Jugendherberge war, hielt ein Reisebus und einige Jugendliche stürmten aus der Tür und stiegen in den Bus.

Dann wandte sich Kate wieder um. „Vielleicht schauen wir die ganze Zeit in die falsche Richtung?" Als ihr nur fragende Blicke begegneten, seufzte sie auf. „Bogdan geht davon aus, dass Kristine wegen ihm und seinen Verwicklungen in die, entschuldige, Plauener Unterwelt, entführt wurde. Aber was, wenn es gar nicht um dich geht?"

Sie sah Bogdan an, der erstaunt die Augenbrauen in die Höhe zog.

„Immerhin ist Kristine eine erfolgreiche Frau, bekannt, ein ehemaliges Model mit einer eigenen Modelinie und arm ist sie auch nicht gerade."

„Aber warum ist dann bis jetzt keine Lösegeldforderung eingegangen?", fragte Chris skeptisch.

„Vielleicht geht es nicht um Geld, sondern um etwas persönliches", wandte Matt ein.

Bogdan sah ihn aufmerksam an. „Du meinst, ein Konkurrent ihrer Firma?"

Der ehemalige Marine zuckte die Schultern. „Zum Beispiel."

Kate nickte. „Gut, dann müssen wir, so leid es mir tut…" Dabei sah sie Bogdan an. „Wir müssen Kristines Leben durchleuchten. Wenn es so ist, da hat jemand ziemlich viel Wut auf sie."

In diesem Moment klingelte ihr IPhone. „Ah, das ist die Hundepension."

Sie stellte auf laut und stellte sich vor, nachdem eine sympathische Stimme sich mit „Gabis Hundepension, sie sprechen mit Gabi Schürer, ich sollte sie zurückrufen, Frau Schulz", vorgestellt hatte.

„Frau Schürer, es geht um Kristine Domatsch und um Kruste."

Mit kurzen Worten schilderte Kate den Sachverhalt und eine Weile war Stille am anderen Ende.

„Hm", machte die Frau schließlich. „Das kam mir von Anfang an seltsam vor. Kristine bringt Kruste immer selbst vorbei und immer am Abend, bevor sie irgendwohin fährt. Nur einmal, da hat Herr Serwowitsch ihn vorbeigebracht."

Bogdan nickte bestätigend. Aber die Aussage der Hundepensionsbesitzerin deckte sich mit der von Frau Mischke, Kristines Nachbarin.

„Darum war ich so verwundert über diese WhatsApp. Aber ich dachte, es war so eilig, dass sie sofort aufbrechen musste, obwohl…"

Sie zögerte kurz. „Ich dachte, sie hätte mich vielleicht telefonisch nicht erreicht, weil ich ja auch als Hundetrainerin tätig bin, aber jetzt fällt mir ein, da war kein Anruf von ihr."

Kate nickte. „Und Kruste, welchen Eindruck machte er auf sie?"

Sie hörte die Frau ausatmen. „Darüber wollte ich mit Kristine sprechen, habe sie aber nicht erreicht, was auch ungewöhnlich ist. Er erschien bei meinem Eintreffen geradezu apathisch. Aber das besserte sich relativ schnell, deshalb bin ich nicht zum Tierarzt mit ihm. Er hat normal gefressen und ist wieder ganz der Alte."

Kate sah zu den anderen, dann fragte sie: „Könnte er ein Betäubungsmittel bekommen haben?"

Sie hörte, wie Gabi Schürer die Luft einsog.

„Wow, daran habe ich gar nicht gedacht, aber wenn sie es jetzt sagen, möglich wäre es. Aber warum…"

Sie brach kurz ab. „Weil er sonst Kristine beschützt hätte, nicht wahr?"

Kate holte Luft. „Ja." Eine kurze Weile war wieder Stille.

„Aber dann muss die Person trotzdem erst einmal einen guten Eindruck auf Kruste gemacht haben, Hunde sind da sehr sensibel. Wenn sie meine Theorie hören wollen, Kristine kannte die betroffene Person und Kruste vielleicht auch. Die Person hat ihm ein Leckerli mitgebracht und darin war ein leichtes Beruhigungsmittel."

Matt nickte zustimmend und hielt den Daumen in die Luft.

„Danke, Frau Schürer, sie haben uns sehr geholfen", sagte Kate.

„Gern. Übrigens, Kruste kann so lange bei mir bleiben, wie es nötig ist. Er fühlt sich hier wohl, also keine Sorge."

„Danke", schaltete sich Bogdan ein und dann beendete Kate das Gespräch. Dann sah sie alle Anwesenden an. „Gut. Dann beginnen wir mal, Kristines Kontakte zu durchleuchten."

„Das wird nicht einfach", sagte Bogdan resigniert, aber Steven nickte ihm zu.

„Keine Angst, darin sind wir Profis, das machen wir schon", sagte er aufmunternd.

Kapitel 6

„Herr Hauptkommissar Köhler, was soll dieser Artikel in dieser Journaille namens *Freie Plauener Stimme*?"

Staatsanwalt Doktor Gebhardt knallte die Printversion der Zeitung direkt vor Mike auf den Besprechungstisch.

„Ihnen auch einen schönen guten Tag, Herr Staatsanwalt", sagte Mike, ohne sich aus der Ruhe bringen zu lassen und deutete auf einen der freien Plätze. „Nehmen sie doch Platz, wir wollten gerade mit der Morgenbesprechung beginnen", sagte er.

Gebhardt trommelte mit den Fingern neben der hingeworfenen Zeitung auf die Tischplatte. „Bekomme ich jetzt eine Antwort?"

Mike warf einen kurzen Blick auf die Zeitung, deren Inhalt er genau kannte. „Weder meine Abteilung noch einer meiner Mitarbeiter noch ich werden in dem Artikel genannt. Im Übrigen finde ich es einerseits gut, wenn die Bevölkerung, und hier spreche ich explizit von der weiblichen Bevölkerung als potenzielle Gefahrengruppe gewarnt wird, ihre Getränke nicht unbeaufsichtigt zu lassen und zum anderen, dass sich eventuell andere Betroffene ebenfalls melden."

„Und, ist dahingehend bereits etwas geschehen?", fragte Gebhardt, jetzt etwas ruhiger.

Mike schüttelte den Kopf. „Aber, wir haben einen Zeugen und der hat uns ein ziemlich gutes Bild der

Täterin geliefert."

Er nickte Mary zu, die das Fahndungsfoto samt Beschreibung der Kleidung auf dem Whiteboard projizierte.

Gebhardt ging einen Schritt nach vorn und hatte die Zeitung vor Mike scheinbar vergessen.

„Eine Frau?", fragte er ungläubig.

Mike nickte. „Ja, mit hoher Wahrscheinlichkeit."

Schnell umriss er die Aussage von Bernhardt Kleider.

Gebhardt brummte zustimmend. „Aber diese Beschreibung ist sehr detailliert", sagte er zweifelnd.

Mike lächelte. „Ja, das hat mich auch erst stutzig gemacht, aber Herr Kleider arbeitet in einem Bekleidungsgeschäft und er hat auch einmal Grafikdesign studiert, daher sein Gedächtnis für Details."

Verstehend nickte Gebhart. „Na, damit muss sich doch was anfangen lassen. Wir geben das Bild an die Öffentlichkeit", sagte er und Mike deutete auf die Zeitung. „Auch an die Journaille?", fragte er spitz und Gebhardt verdrehte die Augen.

„Ich müsste dann noch etwas mit ihnen besprechen", sagte er zu Mike.

Marianne Jäger erhob sich. „Ich denke, wir können das auch nachher noch besprechen, Mike, oder?"

Als dieser nickte, verließ sie gemeinsam mit Mary und Frieder den Besprechungsraum. Kaum hatten sie die Tür hinter sich geschlossen, setzte sich Gebhardt Mike gegenüber.

„Sagen sie, was ist das für eine Sache mit der Verlobten von Bogdan Serwowitsch? Sie wurde entführt?"

Mike gab ihm einen kurzen Abriss.

„Und sie könnte nicht nur…abgetaucht sein?"

Mike holte tief Luft. „Das war ehrlich gesagt auch mein Gedanke und ich habe Herrn Serwowitsch zunächst wieder weggeschickt. Schließlich ist Kristine Domatsch eine erwachsene Frau und es bestand erst einmal kein Verdacht auf eine Straftat oder Suizid. Aber dann begannen meine Frau und ihr Team zu ermitteln und was sie schließlich vorbrachten, lässt eine Straftat vermuten."

Gebhardt rutschte auf dem Stuhl hin und her.

„Naja, ich sage mal vorsichtig, in den Kreisen, in denen sich Herr Serwowitsch bewegt…" Er brach ab, weil Mike die Hand hob.

„Natürlich war auch das unsere erste Idee. Aber dahin führt keine Spur, zumal die Vorgehensweise für diese Kreise, wie sie sie nennen, nicht typisch ist. Hier scheint es sich um etwas Persönliches zu handeln, und zwar etwas sehr Persönliches, was Frau Domatsch betrifft."

Gebhardt nickte verstehend.

„Die Spurensicherung wertet derzeit die Spuren in ihrer Wohnung aus und wir stehen in engem Austausch mit Schulz-Security", fuhr Mike fort.

Gebhardt erhob sich. „Das ist gut. Sehen sie erst einmal zu, dass sie diese Wahnsinnige fassen, die hier mit K.o.-Tropfen die Stadt terrorisiert. Der Oberbürgermeister hat schon zwei Mal bei mir nachgefragt."

„Aha, daher weht der Wind", dachte Mike und sah unwillkürlich auf die Zeitung vor ihm.

Dieser Blick war Gebhardt nicht entgangen und er lächelte versöhnlich. „Ich habe wohl etwas überreagiert. Aber es ist gut, dass ihre Frau sich um diese, ich sage mal, vielleicht Entführungssache kümmert. Arbeiten sie weiter im multiprofessionellen Team." Damit nickte er Mike zu und verließ den Besprechungsraum. Kopfschüttelnd sah Mike ihm nach.

Kate betrat das Polizeipräsidium und im Eingangsbereich kam ihr Staatsanwalt Doktor Gebhardt entgegen. Mit einem gewinnenden Lächeln, das Kate für gewöhnlich das Politikerlächeln nannte, streckte er seine Hand in ihre Richtung aus.

„Schön sie zu sehen, Frau Schulz."

Er schaute sich um, als erwarte er, dass die vorbeieilenden Beamten ihr Gespräch belauschen könnten.

„Wunderbar, dass sie sich der Sache mit Herrn Serwowitschs Verlobten annehmen." Er hüstelte etwas und dann schien er Kates aufkeimende Ungeduld zu spüren.

„Nun ja, wenn sie meine Meinung wissen wollen."

„Will ich nicht", dachte Kate, nickte ihm aber auffordernd zu. „Ich denke, Frau Domatsch braucht einfach etwas Abstand."

Er setzte seinen Weg in Richtung des Aufzugs fort und deutete Kate, ihn zu begleiten.

„Es ist ja für sie ein gewaltiger Schritt, diese Hochzeit mit einem…"

Er brach ab, als er Kates Blick aus dem Augenwinkel bemerkte. Sie betete innerlich um die Gabe, Gebhardt nicht hier und jetzt einfach stehen zu lassen.

„Aber sie müssen doch zugeben, dass die Umstände äußerst auffallend sind", sagte sie mit ruhiger Stimme.

Er wog den Kopf hin und her, während er gemeinsam mit ihr den Lift bestieg. „Trotzdem, diese K.o.-Tropfen- Geschichte hat jetzt erste Priorität. Die Angst in der Stadt steigt, besonders nach diesem unseligen Artikel dieses Journalisten. Wie stehen wir denn da, wenn wir nicht einmal in der Lage sind, unsere Bürgerinnen und Bürger zu schützen?"

Kate wusste von Mike, woher der Wind wehte, der Oberbürgermeister saß ihm wieder einmal im Genick. Jetzt tat ihr der Staatsanwalt fast leid.

Vor dem Beratungsraum angekommen, reichte er Kate verabschiedend die Hand. „Also wie gesagt, danke dass sie sich dieser Sache angenommen haben, wir kooperieren da ja hervorragend."

Er drehte sich auf dem Absatz um und eilte den Flur hinunter.

„Der Sache angenommen", wiederholte Kate und schüttelte den Kopf. Dann betrat sie den Beratungsraum.

Mike hatte bereits Marianne gerufen und sie saßen auf ihren Stühlen im Beratungsraum, als Kate sich Mike gegenübersetzte und von ihrem Gespräch mit Gebhardt berichtete.

Marianne Jäger schüttelte den Kopf. „Also wirklich, dass er das einfach so abtut..."

In diesem Moment traten Mary, Frieder und Karsten ein.

„Gut", sagte Mike. „Dann sind wir vollzählig, Omar kann nicht kommen, würde aber notfalls zugeschaltet werden." Dann berichtete er noch einmal, besonders für Karsten Windisch und Kate von seinem Gespräch mit Bernhardt.

„Das es eine Frau sein soll, erstaunt mich noch immer. Gut, das erklärt auch, warum es kein Sexualdelikt war", sagte Frieder Lein.

„Eigentlich ungewöhnlich", murmelte Kate, obwohl sie mit diesem Fall eigentlich nichts zu tun hatte und nur das wusste, was Mike ihr erzählt hatte.

Mike sah sie fragend an.

Kate zuckte die Schultern. „Man sagt zwar, Gift ist das typische Mordwerkzeug einer Frau, aber das ist auch schon überholt. Was allerdings K.o.-Tropfen angeht, habe ich, außer bei Jugendgangs noch nie eine Frau in dieser Altersgruppe erlebt, die damit gearbeitet hat, zumindest nicht in dieser Häufigkeit mit scheinbar keinem Motiv."

„Alles ist das erste Mal", murmelte Frieder Lein.

Kate zuckte nur die Schultern.

„Trotzdem", wandte jetzt Karsten ein. „Uns fehlt

noch immer, wie Kate es eben erwähnte, ein Motiv."
Dann hielt er das Smartphone von Cordula Breske
hoch. „Der Anruf, der sie in diesem Stehcafé erreichte, kam von einer unterdrückten Nummer. Es
war nicht möglich ihn zurückzuverfolgen. Es könnte
ein Zufall gewesen sein oder auch nicht, um das Opfer abzulenken."
In diesem Moment wurde die Tür fast aus den An-
geln gerissen und Omar trat ein. „Hab es doch noch
geschafft", sagte er etwas atemlos und setzte sich.
Mike nickte ihm zu und lehnte sich dann zurück.
„Wir haben alle möglichen Schnittstellen überprüft,
nichts, aber auch gar nichts verbindet diese drei
Frauen."
Kate sah auf die drei Bilder, die Marianne wie immer
auf den Flipchart geheftet hatte. Plötzlich stand sie
auf, ging nach vorn und sah sich die Bilder aus der
Nähe an.
„Omar, wieviel hat Gundula Fritsch gewogen?"
Erstaunt sah der Rechtsmediziner auf, dann sah er
auf sein Tablet. „Moment", murmelte er und rief den
Obduktionsbericht auf. „Hier ist es, sie war 1,78 groß
und 58 kg schwer."
Dann sah er Kate an. „Darf ich fragen, warum?"
Diese hörte gar nicht auf ihn, sondern sah zu Mike.
„Was glaubst du, wie groß ist Nadine Fischer und
wie viel wiegt sie?"
Der blies etwas die Wangen auf und sah hilfesuchend
zu Marianne, die die Stirn leicht runzelte.
„Sie ist sehr schlank und auch groß, so ungefähr

dürfte das hinkommen", sagte sie langsam, während Kate Mary Struwe ansah. „Und Cordula Breske?"

Diese schien nicht überlegen zu müssen. „Ja, auch in etwa, sie wirkte ja sehr sportlich."

„Erleuchtest du uns?", fragte jetzt Omar ungeduldig, da Kate seine Frage nicht beantwortet hatte.

Sie lächelte ihn an. „Das ist der gemeinsame Nenner."

„Ihre Größe und das Gewicht?", fragte Mike nach und Kate schloss kurz die Augen. „Ja, sie waren Testpersonen. Es ging nicht um diese drei Frauen als Person, sondern nur darum, wie eine Frau von gleicher Größe und gleichem Gewicht auf die K.o.- Tropfen reagiert."

Sie setzte sich wieder zurück auf ihren Platz. „Gundula Fritschs Tod ist ja in der Öffentlichkeit nicht bekannt, also geht der Täter…"

„Die Täterin", warf Mike ein, aber Kate winkte ab.

„Von mir aus, ja. Also die Täterin geht davon aus, dass die drei Versuche gut ausgegangen sind. Damit konnte sie ihr Primärziel relativ gefahrlos betäuben."

„Aber wir haben noch kein neues Opfer", warf Karsten Windisch ein.

Kate sah zu ihm hin. „Doch, haben wir. Kristine Domatsch."

Alle sahen Kate an, als sei sie nicht bei Verstand.
„Was konstruierst du dir denn da zusammen?",
fragte Mike, der sich bemühte, nicht genervt zu klingen. Allerdings gelang ihm das nur bedingt.
Kate sprang von ihrem Stuhl auf. „Aber das sieht
doch ein Blinder. Nichts verbindet diese Frauen, außer ihr Gewicht und ihre Körpergröße. Nichts. Und
warum sollte jemand nach diesen Kriterien Frauen
K.o.-Tropfen geben?"
Sie sah in die Runde, aber niemand antwortete ihr.
„Na also. Es gibt nur eine vernünftige Erklärung, sie
stimmen größen- und gewichtstechnisch mit Kristine
Domatsch überein."
Es war Omar, der die Stirn in Falten legte und Kate
fasziniert beobachtete.
Diese hob beide Hände. „Kann mir jemand eine vernünftige Erklärung geben, wie der Täter." Sie brach
ab und sah zu Mike. „Okay, die Täterin, was es noch
mehr verdeutlicht. Also, wie bekam sie Kristina aus
ihrer Wohnung bis in die Tiefgarage und das in einem Mehrfamilienhaus, wo man immer damit rechnen muss, dass man entdeckt wird? Kristina ist sportlich, sie hätte sich massiv zu Wehr gesetzt."
„Da bin ich auf Kates Seite", ließ sich jetzt Omar vernehmen. „Aber was ich nicht verstehe, wie kann eine
Frau einen bewusstlosen Körper allein bis in die Tiefgarage bringen, Fahrstuhl hin oder her."
„Vielleicht hat sie die Dosis reduziert? Dann war
Kristina nicht ganz bewusstlos. Denkt damals an den
Fall mit diesem Autor im Hotel Alexandra.", warf

jetzt Frieder ein, der sich scheinbar auch für Kates Theorie zu erwärmen begann.

Mike schüttelte vehement den Kopf. „Das ist völlig spekulativ", warf er ein.

Kate holte tief Luft. „Warum willst du das nicht sehen?", fragte sie aufgebracht.

„Weil es keinen Zusammenhang gibt." Er unterstrich seine Aussage mit einer weitreichenden Geste.

Kopfschüttelnd nahm Kate wieder Platz.

Sie sah auf das Phantomfoto der mutmaßlichen Täterin. Langsam trommelte sie im Takt auf die Tischplatte vor sich. „Gebt ihr es an die Presse?"

Scheinbar froh darüber, das Kate das Thema Kristine Domatsch vorerst fallen ließ, nickte Mike ihr zu.

„Wir brauchen möglichst schnell einen Fahndungserfolg, Gebhardt sitzt uns mal wieder im Genick…"

„Und der Oberbürgermeister", ergänzte Kate. „Ich habe ihn vorhin getroffen. Er möchte, dass wir weiter im muliprofessionellen Team arbeiten, allerdings nach seinen Vorstellungen. Ich am Fall Domatsch und ihr am Fall K.o.-Tropfen."

Sie stand auf und fotografierte das Phantombild inklusive der Beschreibung ab. „Ich frage Bogdan, ob er sie kennt, falls sich unsere Fälle doch kreuzen sollten", sagte sie mit einem gewissen Sarkasmus in der Stimme, auf die Mike jedoch nicht reagierte, während Omar breit grinste.

Kate deutete auf die ziemlich detaillierte Beschreibung. „Dieser Zeuge scheint ja eine phantastische Beobachtungsgabe zu haben."

„Er arbeitet in einem Bekleidungshaus und hatte wohl mal was mit Grafikdesign zu tun. Er war auf dem Weg ins Kaffeehaus, als er die Frau bemerkte, die aus dem Kosmetikstudio kam. Und erst als die Kosmetikerin bestätigte, dass niemand um diese Zeit bei ihr einen Termin hatte oder buchen wollte, meldete er sich bei uns."

Kate nickte verstehend. „Gut, dann kümmere ich mich mal um meinen Fall", sagte sie, lächelte den Anwesenden zu und ging zur Tür.

„Kate", sagte Karsten Windisch und sie sah sich zu ihm um. „Also, wir haben Kristine Domatschs Wohnung wirklich auseinandergenommen. Wir haben nichts gefunden. Tut mir leid."

Sie zuckte die Schultern. „Vielleicht ist die Täterin einfach zu clever, um Spuren zu hinterlassen", meinte sie und nickte dem Leiter der Spurensicherung zu.

Nachdem sie die Tür hinter sich geschlossen hatte, sah Omar Mike an. „Wenn du mich fragst, Kate hat recht, es gibt eine Verbindung."

Kapitel 7

Bogdan Serwowitsch betrat das Kaffeehaus Müller zusammen mit seinem Bodyguard Oleg. Dieser nahm an einem Nachbartisch Platz, während Bogdan direkt auf den Tisch zusteuerte, an dem Kate saß.

Er begrüßte sie mit einer kurzen Umarmung. Während er seine Bestellung aufgab, zog Kate ihr IPhone aus der Tasche. Sie rief das Phantombild auf und schob es über den Tisch. „Kennst du diese Frau?"

Bogdan musterte das Bild lange, dann schüttelte er den Kopf. „Nein, noch nie gesehen."

Er wandte sich um und winkte Oleg heran. Auch dieser betrachtete das Bild und schüttelte den Kopf. Kate zuckte die Achseln und steckte ihr IPhone wieder ein.

„Du denkst wirklich, es gibt einen Zusammenhang?", fragte Bogdan schließlich, nachdem ihm sein Kaffee serviert worden war.

Sie nickte und deutete schließlich mit einem Kopfnicken auf die Eingangstür. „Und diesen Mann, kennst du ihn?"

Bogdan musterte unauffällig den eben Eintretenden. Dieser trug einen gutsitzenden, hellen Anzug und hatte einen Trenchcoat über den Arm gelegt.

Mit einem etwas affektierten Winken begrüßte er das Personal, damit outete er sich als Stammgast und nahm Platz nahe dem Fenster.

„Nein", sagte Serwowitsch und Oleg, der dem Blick seines Bosses gefolgt war, schüttelte ebenfalls den Kopf. „Wer soll das sein?", fragte Bogdan, wieder an

Kate gewandt.

„Das ist Bernhardt Kleider. Er ist der Zeuge und hat die Personenbeschreibung zu dieser Frau abgegeben."

Bogdan musterte Kate. „Denkst du, es stimmt etwas nicht?" Kate lehnte sich zurück und nippte an ihrem Cappuccino. „Ich weiß nicht, ich habe irgendwie ein komisches Gefühl."

Serwowitsch sah noch einmal kurz zu Kleider hin.

„Er wirkt so, so… feminin auf mich", sagte er, als Bernhardt Kleider gerade laut über eine Bemerkung der Kellnerin lachte und dabei den Kopf in den Nacken warf.

Kate zuckte die Schultern. „Laut seiner Kosmetikerin ist er schwul."

Ihr Gegenüber schüttelte leicht den Kopf. „Wie hast du das herausbekommen?"

Sie lächelte zurück. „Nachdem Mike mir gegenüber erwähnt hat, dass der Zeuge die Frau aus der Tür seiner Kosmetikerin herauskommen sehen hat, als er auf dem Weg ins Kaffeehaus war, da habe ich eins und eins zusammengezählt. Die Chefin des Kosmetikstudios ist Nadine Fischer, ein Opfer der K.o.-Tropfenanschläge. Sie hat mir bereitwillig den Rest erzählt."

Bogdan hatte sich zurückgelehnt. „Und du glaubst wirklich, dass die K.o.-Tropfengeschichte mit Kristines Verschwinden zusammenhängt?"

Kate nickte. „Und nicht nur ich, auch Omar ist meiner Meinung, aber leider Mike nicht. Dafür wird er jetzt von Staatsanwalt Gebhardt bedrängt, schnellstens diese Täterin zu finden. Das Phantombild geht heute noch an die Medien."

Sie spielte nachdenklich mit ihrem Löffel. „Ich habe es dich zwar schon einmal gefragt, aber der Gedanke drängt sich förmlich auf. Könnte diese Frau nicht doch eine Konkurrentin von Kristine sein? Immerhin ist sie eine sehr erfolgreiche Geschäftsfrau."

Bogdan Serwowitsch vergrub sein Gesicht in seinen Händen. „Ich weiß nicht. Warum sollte sie Kristine entführen und kein Lösegeld fordern, du meinst doch nicht…" Er sah Kate aufgeschreckt an.

Die winkte ab. „Nein, hätte sie sie töten wollen, warum sollte sie dann die K.o.-Tropfengeschichte starten? Es wäre einfacher gewesen, sie auf der Straße oder in ihrer Wohnung umzubringen. Nein, das war nie der Plan."

Kate sah, das Bogdan erleichtert schluckte. Hier untätig herumzusitzen, musste für ihn die Hölle sein. Der sonst so selbstsichere Mann wirkte auf sie, die ihn kannte, völlig fertig mit den Nerven. Mochte er auch anderen gegenüber die Fassade wahren, sie konnte er nicht täuschen. Sie griff über den Tisch und berührte kurz seine Hand. „Wir finden sie, Bogdan." Stumm nickte er.

„Ich werde noch kurz mit Kleider sprechen und morgen treffen wir uns bei mir im Büro."

Serwowitsch erhob sich und drückte der Kellnerin einen Schein in die Hand. Mit einem Kopfnicken zu Oleg verließ er das Kaffeehaus.

Kate sah ihm nach, dann erhob auch sie sich und ging zu dem Tisch, wo Bernhardt Kleider noch immer allein saß und neben seiner Kaffeetasse eine Illustrierte liegen hatte, die er mäßig interessiert durchblätterte.

„Herr Kleider?", machte sie sich bemerkbar und der Angesprochene sah auf. Dann erhob er sich.

Kate reichte ihm die Hand. „Schulz, Katherina Schulz von Schulz-Security."

Kleider ergriff die ihm dargebotene Hand und deutete auf den Stuhl ihm gegenüber. „Nehmen sie doch Platz, Frau Schulz. Ich hoffe, ich habe nichts angestellt?"

Er lachte etwas affektiert und musterte sie von oben bis unten. Kate blieb stehen und reichte ihm ihre Visitenkarte.

„Nein, sie haben nichts angestellt. Es geht nur um eine Klientin von mir und ich würde ihnen dazu gern ein paar Fragen stellen."

Kleider drehte die Karte in seiner Hand. „Jetzt machen sie mich aber neugierig", sagte er und lächelte.

„Wann wäre es ihnen denn recht, zeitlich gesehen?"

Kleider zog sein Smartphone aus der Tasche.

„Morgen, sechzehn Uhr?", bot er spontan an.

Kate lächelte zurück. „Wunderbar, dann sehen wir uns morgen. Noch einen schönen Tag."

Sie nickte ihm zu und verließ das Kaffeehaus. Als sie draußen durch das Fenster sah, war Kleider bereits wieder in seine Illustrierte vertieft.

Als Kate an diesem Abend in ihre Straße einbog, war das Haus noch dunkel. Mike war also doch noch länger im Büro aufgehalten worden, als er es geplant hatte. Seufzend stieg sie aus, als ein Pfiff über die Straße schallte. Sie sah sich um und Jasmin stand im Licht der Laterne ihrer Eingangstür und winkte sie herüber. Kate zögerte kurz, dann verschloss sie das Auto und wandte sich zu dem Haus gegenüber.

„Ich füttere nur Mascha, dann komme ich", rief sie hinüber.

Jasmin schüttelte den Kopf. „Schon passiert, kannst gleich kommen. "

Achselzuckend überquerte sie die Straße und wurde von Omars Frau umarmt. Als sie das Haus betraten, registrierte Kate einen unbeschreiblichen Essensduft, den ihr Magen mit einem protestierenden Knurren honorierte.

Jasmin lachte auf. „Na, da hat aber jemand Hunger, komm mit in die Küche."

Kate trabte ihr wie ein gehorsames Pferd hinterher.

„Hat deine Schwiegermutter wieder gekocht?", fragte sie, was ihr einen entrüsteten Blick von Jasmin einbrachte. „Also bitte, ich kann auch kochen."

Kate sah sie zweifelnd an, worauf Jasmin die Augen hochschraubte. „Okay, es ist von Omars Mutter. Willst du jetzt etwas oder nicht?", fragte sie schnippig, aber mit einem belustigten Glitzern in den Augen.

„Wenn du etwas entbehren kannst?"

Jasmin lachte lauthals auf. „Für dich und mindestens

noch weitere zehn hungrige Mäuler", sagte sie und lud Kate gegrillte Aubergine auf den Teller, über die diese sich wortlos hermachte.

„Omar nicht da?", fragte sie zwischen den einzelnen Bissen. Jasmin, die mit einem Glas Rotwein in der Hand ihr gegenübersaß, schüttelte den Kopf.

„Ich vermute mal, er ist noch mit Mike und den anderen zusammen. Staatsanwalt Gebhardt macht ihnen wohl mächtig Druck?"

Kate schob den leeren Teller von sich und lehnte sich zurück. „Ja und es geht ihm nur um diese K.o.-Tropfenanschläge."

Jasmin schenkte sich aus der Flasche nochmals nach und stellte Kate ein Glas von Omars selbstgemachter Limonade hin. „Irgendeine Spur von Bogdans Verlobten?"

Kate nahm einen Schluck und stellte dann das Glas langsam ab. „Nein, aber ich bin überzeugt, die Fälle hängen zusammen."

Ehe sie ausführen konnte wieso, ertönte von der Tür her Omars Stimme. „Das tun sie auch."

Er gab seiner Frau einen Kuss und schloss Kate in die Arme. Dann setzte er sich zu den beiden Frauen. Jasmins Frage, ob er etwas essen möchte, verneinte er, nahm aber ein Glas Limonade lächelnd entgegen.

Kate sah ihn an. „Ja, schön, dass du meiner Meinung bist, aber Mike…"

„Er bekommt zu viel Druck von Gebhardt, der übrigens vorhin wieder bei unserer Beratung auftauchte und sie völlig vereinnahmte. Da habe ich mich gleich ausgeklinkt. Mike, der arme Kerl, kann das nicht."

Er grinste breit und nickte Kate dann zu.

„Ihr müsst Kristine Domatsch finden", sagte er
schließlich ernst und diese holte tief Luft. „Wenn wir
nur wüssten, wo wir noch ansetzen könnten."

Jasmin hatte ihr Tablet aufgeklappt. „Aber das Bild
dieser Unbekannten ist doch heute in allen Medien
präsent?", fragte sie und sah zwischen ihrem Mann
und Kate hin und her.

Kate sah zu Omar, der mit den Schultern zuckte.

„Also uns hat Mike nichts gesagt das es irgendeinen
Hinweis gibt."

Er stand auf und deutete auf das Fenster. „Gerade
kommt er auch." Er deutete Kate, sitzen zu bleiben
und ging in den Flur. Kurz darauf betrat Mike den
Raum.

„Willst du wenigstens noch etwas essen?", fragte Jasmin, nachdem sie ihn umarmt hatte, aber Mike schüttelte, sichtlich müde den Kopf. „Danke, aber wir hatten Pizza im Präsidium."

„Hmm", murmelte Omar. „Ich habe jetzt noch
Bauchschmerzen davon", schob er knurrend hinterher.

Mike beugte sich zu Kate und küsste sie auf die
Wange. Er nickte Jasmin dankend zu, die ihm ein
Glas Rotwein reichte.

„Hat sich jemand auf dieses Phantombild hin gemeldet?", brachte Kate es gleich auf den Punkt.

Mike stieß ein grollendes Lachen aus. „Ein paar Ver-
rückte, ein paar besonders nette Zeitgenossen, die

ihre Nachbarinnen einfach mal so in Schwierigkeiten bringen wollten, die allerdings null Ähnlichkeit mit der abgebildeten Frau hatten, ein paar besorgte Verschwörungstheoretiker, kurzum, wir hatten mehr als reichlich zu tun, aber ohne jeden Erfolg."

Kate schüttelte den Kopf. „Aber das gibt es doch nicht. Irgendjemand muss sie doch gesehen haben."

„Nein, niemand", sagte Mike und zuckte die Schultern.

„Niemand außer diesem Bernhardt Kleider", warf Omar ein. Kate sah ihn eindringlich an.

Mike hob die Hand und winkte ab. „Er hat doch gar keinen Grund sich so etwas auszudenken, außerdem ist seine Beschreibung sehr präzise."

Kate spielte nachdenklich mit ihrem Limonadenglas. Dann sah sie Mike an. „Ich habe mich heute mit Bogdan im Kaffeehaus Müller getroffen. Kleider war auch da und…"

Mike sah sie erstaunt an. „Woher…?" Er winkte ab. „Was frag ich auch", murmelte er resigniert.

Kate ließ sich von der Unterbrechung nicht beirren. „Er kennt weder Kleider, noch konnte er mit dem Phantombild etwas anfangen. Außerdem hat er sich, ich sage mal so, in seinen Kreisen umgehört. Nicht einmal der Araber weiß etwas."

„Der Araber?", warf Mike alarmiert ein, aber wieder ignorierte Kate seinen Zwischenruf.

„Darum können wir, glaube ich, vorerst ausschließen, dass die Entführung etwas mit Bogdan zu tun hat, wie er anfangs glaubte. Wir müssten Kristines

Leben besser beleuchten", sagte sie bestimmt und nahm den letzten Schluck ihrer Limonade.

„Im Übrigen kommt Kleider morgen zu mir in mein Büro."

Mike, der sein Rotweinglas ebenfalls geleert hatte, sah sie erstaunt an. „Und warum?", fragte er.

Kate zuckte die Schultern. „Ich weiß noch nicht. Ich will mir einfach ein Bild von ihm machen", sagte sie etwas zögerlich und erhob sich dann. „Ich weiß nicht, wie dir es geht, aber ich bin hundemüde."

Nachdem sie sich von ihren Gastgebern verabschiedet hatten, gingen sie über die Straße.

Es war die erste etwas wärmere Nacht des Jahres.

An der Tür wurden sie von Maschas vorwurfsvollen Maunzen empfangen. „Hat dich niemand gefüttert?", fragte Mike und streichelte sie.

„Jasmin hat sie gefüttert, aber man kann es ja versuchen", sagte Kate und beide lachten.

Kate betrat gerade das Haus, im dem sich ihr Büro befand, als Steven hinter ihr die Treppe hinaufeilte.

„Und, was hat Karsten gesagt?", fragte er, während er ihr die Tür aufhielt. Sie deutete in Richtung des Besprechungsraums. „Lass uns das gemeinsam mit den anderen besprechen," sagte sie.

Kurz danach hatten sich auch Matt und Chris eingefunden. Ehe sie beginnen konnte, hörte sie zu ihrem Erstaunen die dröhnende Stimme von Omar Amri, der im nächsten Moment von Maria hereingeführt wurde.

„Auch wenn Mike das etwas anders sieht, ich bin auch davon überzeugt, dass diese beiden Fälle zusammenhängen", sagte er nochmals bekräftigend vor den anderen Anwesenden und ließ sich auf einen der Stühle sinken.

Stirnrunzelnd sah Steven von ihm zu Kate. „Kann uns vielleicht mal jemand erleuchten?"

Kate fasste kurz die Besprechung im Plauener Polizeipräsidium und des gestrigen Abends zusammen. Steven stieß einen leisen Pfiff aus. „Das wirft ja mal einen ganz anderen Blick auf die Sache", sagte er und Matt nickte zustimmend.

Er sah zu Chris hinüber, der angestrengt nachdachte. „Was ist?", fragte er ihn und Chris zuckte leicht die Achseln. „Nichts", sagte er und schüttelte den Kopf. „Ich war einfach in Gedanken."

Steven glaubte ihm nicht, sagte aber nichts dazu.

Kate trommelte inzwischen mit den Fingerspitzen auf den Tisch. „Trotzdem, wir sind kein einziges

Stück weiter. Auch wenn wir wissen, dass die K.o.-Tropfenanschläge nur dem Ziel galten, Kristine auszuschalten, ohne ihr größeren gesundheitlichen Schaden zuzufügen, wissen wir nicht, wieso und von wem. Und die Zeit wird knapp."

Sie sah Omar an. „Ich habe Angst, dass Bogdan irgendeine Dummheit macht", sagte sie leise und der Rechtsmediziner nickte.

„Also, wenn es um Jasmin ginge, würde ich auch durchdrehen."

Steven streichelte geistesabwesend über seinen Laptop, was ihm in einer anderen Situationen Spott der übrigen Anwesenden eingebracht hätte, aber jetzt war die Situation einfach zu angespannt dafür.

Schließlich klappte er ihn auf.

„Noch immer kein gezielter Hinweis auf diese Frau, außer die üblichen Spinner natürlich", sagte er nach einer Weile und Kate war sich sicher, dass er sich wieder in den Polizeiaccount eingehackt hatte, aber sie ließ es unkommentiert.

Matt beugte sich etwas nach vorn. „Wer immer Kristine entführt hat, er kannte ihre Gewohnheiten", sagte er und Kate nickte. „Ja, entweder ist es jemand aus ihrem direkten Umfeld
oder…"

„Jemand hat sie die ganze Zeit beobachtet und das muss jemand aufgefallen sein", unterbrach Matt sie, was sonst nicht seine Art war. In diesem Moment klopfte es und Maria führte Bogdan Serwowitsch herein.

Der nickte allen zu und setzte sich neben Kate. Diese brachte ihn auf den neusten Stand. Er holte tief Luft.

„Also hat die Spurensicherung nichts gefunden und damit ist alles gut?", fragte er leise und Kate spürte seinen nur mühsam unterdrückten Zorn.

„Nein, ist es nicht", sagte sie ruhig. „Wir müssen mehr über Kristine herausfinden und am besten fangen wir mit ihrer Firma an."

Bogdan nickte. „Ich habe bereits mit ihrer Stellvertreterin, Ireen Marco gesprochen. Sie kann es sich nicht erklären, warum Kristine einfach verschwunden ist. Im Übrigen hat auch sie von ihr eine WhatsApp erhalten."

Steven und Matt fuhren zeitgleich auf. „Da muss sie jemand ja besonders gut kennen."

Kate nickte langsam. „Gut. Bogdan, gebe mir bitte die Kontaktdaten dieser Ireen, ich muss selbst mit ihr sprechen."

Dieser erhob sich und ging nach draußen. Kurz darauf kam er zurück. „Sie ist heute Abend wieder in Plauen, nicht vor achtzehn Uhr, aber sie nimmt sich die Zeit für dich."

Kate nickte. „Kleider kommt sechzehn Uhr, dann passt das." Dann sah sie in die Runde. „Ich denke, wir sehen uns morgen früh zu einem kleinen Austausch."

Als sich alle erhoben, nickte sie Bogdan zu. Der setzte sich wieder hin, während die anderen den Raum verließen. Als die Tür geschlossen war, sah sie ihn an.

„Ich brauche sämtliche Kontakte von Kristine,

beruflich und privat."

Serwowitsch nickte. „Also ist es doch jemand aus ihrem Umfeld?"

Kate setzte sich wieder neben ihn und legte ihre
Hand auf die seine. „Ich denke zumindest nicht, dass
es jemand aus den Kreisen ist, an die du zuerst gedacht hast, allerdings…" Sie brach ab, als ringe sie
um Worte.

„Allerdings?", fragte Bogdan nach.

Kate zog ihre Hand zurück und setzte sich aufrecht
hin. „Gibt es eine Frau aus deinem…ähm…früheren
Leben, die ein Interesse hätte…"

„Nein", unterbrach Bogdan sie und schüttelte den
Kopf. „Wirklich, Kate, glaubst du allen Ernstes, ich
hätte eine Verflossene von mir nicht auf dem Phantombild erkannt?"

Noch immer kopfschüttelnd stand er auf und wanderte in Kates Büro auf und ab. „Natürlich habe ich
nicht, bis ich Kristine kennenlernte, wie ein Heiliger
gelebt. Aber es war nie etwas Ernstes."

Er sah, wie Kate die Augen nach oben drehte.

„Was?", fragte er gereizt.

„Typisch Mann", sagte sie. „Für dich mag es ja nichts
Ernstes gewesen sein, aber für die Frauen…"

Bogdan blieb vor ihr stehen und stützte sich mit beiden Händen an der Tischplatte ab. „Ich habe von Anfang an nie einen Hehl daraus gemacht, dass ich an
einer festen Beziehung nicht interessiert war. Punkt.
Oder denkst du etwa, ich hätte es nötig gehabt,
Frauen mit falschen Versprechen in mein Bett zu

locken? Es ging um Sex und um nichts weiter."

Seine Stimme war deutlich lauter geworden.

Kate schluckte und lehnte sich automatisch zurück.

So hatte sie Bogdan Serwowitsch noch nie erlebt.

Dieser wischte sich über die Stirn und ließ sich zurück auf den Stuhl fallen.

„Entschuldige", sagte er leise. „Ich weiß nicht, was in mich gefahren ist."

Kate winkte ab. „Deine Nerven liegen blank, aber zumindest hast du keinen Zweifel daran gelassen, wie es um deine bisherigen Beziehungen stand."

Sie sah, dass er etwas errötete und das wiederum amüsierte sie. Dem Bordellkönig von Plauen war es peinlich, vor ihr über sein Sexleben zu sprechen.

Sie erhob sich. „Gut, dann hätten wir auch das geklärt. Jetzt müssen wir Kristines Leben durchleuchten, und zwar komplett. Irgendwo dort liegt der Schlüssel für ihre Entführung."

Kapitel 8

Bernhardt Kleider betrat pünktlich um 16.00 Uhr den Vorraum von Schulz- Security. Maria trat hinter ihrem Tresen hervor und begrüßte ihn. „Frau Schulz erwartet sie bereits. Darf ich ihnen etwas anbieten, Kaffee, Cappuccino, einen Tee?"

Kleider lächelte sie freundlich an. „Danke, zu einem Cappuccino sage ich nie nein."

Maria nickte und führte ihn in Kates Büro. Dort hatte diese bereits mit Chris an dem kleinen Tisch Platz genommen, der schräg unter dem Fenster mit Blick auf die Neundorferstraße stand. Sie erhob sich bei Kleiders Eintritt und reichte ihm die Hand.

„Danke, dass sie gekommen sind, Herr Kleider. Das ist mein Stellvertreter, Chris Töpfer."

Dieser reichte ebenfalls Kleider die Hand und nachdem Maria die Getränke serviert hatte, warf ihr Gast Kate einen interessierten Blick zu. „Jetzt bin ich aber gespannt, Frau Schulz, was sie von mir wissen wollen." Mit einem entspannten Lächeln lehnte er sich zurück und nippte an seinem Cappuccino.

„Kennen sie Kristine Domatsch?"

Kleider stellte seine Tasse ab. „Natürlich. Sie ist die Besitzerin der Modelinie *KrisTin* und ihr Büro befindet sich in der oberen Bahnhofstraße."

Er blickte von Kate zu Chris und sein Lächeln verschwand. „Warum? Ist etwas mit Kristine?", fragte er alarmiert.

„Sie ist verschwunden."

Kleider schlug beide Hände vor den Mund und schloss kurz die Augen. „Mein Gott", sagte er schließlich. „Aber das ist ja furchtbar."

Er sah Kate als Überbringerin dieser Botschaft geradezu anklagend an. Dann runzelte er die Stirn. „Aber was wollen sie von mir?", fragte er verwirrt.

Kate lehnte sich etwas über den Tisch. „Was ich ihnen jetzt sage, bleibt bitte in diesem Raum", sagte sie mit gedämpfter Stimme und Kleider nickte geradezu paralysiert.

Chris hatte alle Mühe nicht in Lachen auszubrechen. Seine Chefin überraschte ihn immer wieder.

„Also", sagte diese. „Wir haben Grund zu der Annahme, dass das Verschwinden von Frau Domatsch etwas mit dieser Frau zu tun hat, die sie beobachteten, las diese aus dem Kosmetikstudio von Nadine Fischer kam."

Kleider stieß langsam die Luft aus. „Das ist…brrr", murmelte er.

Kate nickte. „Darum brauchten wir noch einmal ihre genaue Beschreibung der Frau."

„Ja, ja natürlich." Bernhardt Kleider schien Mühe zu haben, sich zu konzentrieren. Dann beschrieb er die Frau genauso, wie er es bei Mike getan hatte. Verwirrt sah er Kate schließlich an. „Aber das kann man doch alles schon in den Medien nachlesen, die Frau wird öffentlich gesucht."

Wieder nickte Kate. „Natürlich, Herr Kleider, aber ich habe die Erfahrung gemacht, das Zeugen sich oft in einer anderen Umgebung an Details erinnern, die sie vorher nicht erwähnt haben."

Sie machte eine Geste. „Und sie müssen zugeben, hier ist es doch um einiges gemütlicher als im Polizeipräsidium?"

Kleider lachte. „Das stimmt, Frau Schulz und es tut mir leid, dass ich nichts hinzufügen kann."

Seine Miene zeigte aufrichtiges Bedauern.

Kate lächelte und zuckte die Schultern. „Es war einen Versuch wert und danke, dass sie sich die Zeit genommen haben."

Kleider erhob sich und Chris, der bisher geschwiegen hatte, brachte ihn hinaus. Als er zurückkam, schloss er die Tür hinter sich und sah Kate an.

Die zuckte die Schultern. „Ich weiß nicht. Den meisten Zeugen fällt noch irgendetwas ein, ein Detail, was sie vergessen oder anders wahrgenommen hatten, oder sie lassen bei der zweiten Beschreibung etwas weg, aber das war so … glatt."

Chris wog den Kopf langsam hin und her. „Ich weiß nicht, was du erwartet hast, aber eins kann ich dir definitiv sagen, der Kerl ist nicht schwul."

„Der Kerl ist nicht schwul", diese Worte hallten in Kates Kopf nach, als sie ihr Auto an der August-Bebel-Straße abstellte. Es mochte ja sein, dass Chris eine andere Wahrnehmung hatte, zumal er selbst schwul war, aber Kate glaubte es nicht. Warum sollte Bernhardt Kleider seine Homosexualität nur vorgaukeln? Laut seiner Kosmetikerin, die ihn eine Weile zu kennen schien, war er eindeutig schwul und Kate hatte ihn, ebenso wie Mike, Marianne und die anderen ebenfalls so eingeschätzt. In Gedanken lief sie am Pflegedienst *Heimat* ihrer Schulfreundin Michaela „Michi" Heimat vorbei.

Oh je, ihr hatte sie schon lange versprochen, dass sie sich wieder einmal treffen sollten, nur war daraus nichts geworden.

Schließlich erreichte sie das repräsentative Gebäude aus der industriellen Glanzzeit Plauens, in dem die Geschäftsräume der Modelinie *KrisTin* lagen.

In der dritten Etage wurde sie in einem großzügigen Vorraum von einer hochgewachsenen jungen Frau in einem knallengen Businesskostüm erwartet.

„Frau Schulz? Frau Marco erwartet sie bereits."

Kate sah auf die schwindelerregend hohen Absätze der jungen Frau, in denen sich diese elegant und sicher vor ihr herbewegte und eine hohe Holztür öffnete. „Frau Schulz", kündigte sie an und schloss hinter Kate die Tür.

Was immer sie erwartet hatte, Ireen Marco entsprach dem nicht. Verglichen mit Kristine und auch der jungen Dame im Empfang, die Modelmaße aufwiesen, hatte die Frau, die jetzt hinter ihrem Schreibtisch hervortrat, nichts davon.

Kaum einenmetersechzig groß, war sie eher korpulent, aber strahlte eine ungeheure Selbstsicherheit und Herzlichkeit aus. Sie trug eine längere Tunika, verziert mit verschiedenfarbigen, auffallenden Ketten und großen Ohrringen. Sie mochte Mitte fünfzig sein, obwohl man das ihrem glatten, fast faltenfreien Gesicht nicht ansah, lediglich die grauen Strähnen ihres aufgesteckten, üppigen Haarschopfes deuteten darauf hin.

Mit einem gewinnenden Lächeln streckte sie Kate die Hand entgegen. „Bitte, Frau Schulz, nehmen sie Platz."

Sie setzte sich ihr gegenüber an einen antik wirkenden Tisch und atmete tief ein. „Bogdan hat mir gesagt, dass auch sie vermuten, dass man Kristine entführt haben könnte?"

Ihr Gesicht spiegelte echte Betroffenheit wider und in ihren Augen schimmerten plötzlich Tränen. Sie griff nach einem Tempotaschentuch und schüttelte den Kopf. „Entschuldigen sie, Frau Schulz, aber…"

Sie schluchzte kurz auf, atmete dann tief ein und aus und schien sich wieder im Griff zu haben. „Wie kann ich ihnen helfen?"

Kate beugte sich etwas nach vorn. „Hat Kristine Feinde, hatte sie Streit, vielleicht mit jemand aus der Firma, mögliche Konkurrenten?"

Ireen Marco schien nachzudenken. „Konkurrenz? Natürlich, aber ich glaube nicht, dass jemand so weit gehen würde und warum? Verstehen sie mich nicht falsch, Frau Schulz, aber das Geschäft geht auch ohne Kristine weiter."

Kate nickte verstehend. Ireen Marco machte auf sie einen kompetenten Eindruck.

„Ich bin stellvertretende Geschäftsführerin und in Kristines Abwesenheit befugt, jegliche Art von Geschäften abzuwickeln. Das haben wir von Anfang an so vereinbart. Kristine ist viel unterwegs, Amerika, Asien, während ich hier das Kerngeschäft am Laufen halte, wir ergänzen uns da prima. Aber unser Markt ist stabil, wir brauchen theoretisch keine weitere Kundenakquise zu betreiben."

Kate ließ die Worte auf sich wirken. „Es ist also auch bei ihnen kein Erpresserschreiben eingegangen?", fragte sie und Ireen Marco schüttelte verneinend den Kopf. „Wenn dies so gewesen wäre, hätte ich umgehend die Polizei verständigt."

„Wo lassen sie eigentlich produzieren?", fragte Kate weiter. Augenscheinlich war Plauen nur der Sitz der Geschäftsleitung und Kate hatte vergessen, Steven nach dem Ergebnis seiner Recherchen zu fragen.

„In Bayern und Tschechien. Und bevor sie fragen, ja, auch in Tschechien zahlen wir ordentliche Löhne. Es ist einfach so, dass wir hier nicht genügend, oder vielmehr nicht mehr genügend Näherinnen bekommen, die vor allen Dingen die Qualität produzieren, die unsere Kunden erwarten. Deshalb glaube ich kaum, dass Kristine sich da irgendwie solchen Ärger zugezogen hat, der jemand zu einer solchen Tat veranlasst hätte."

Kate zweifelte keine Sekunde an der Aussage ihres Gegenübers. Also war auch das eine Sackgasse.

Schließlich blieb ihr nur noch eine Frage. „Kennen sie Bernhardt Kleider?"

Ireen Marco lächelte. „Berni? Aber ja. Er arbeitet in einem Modehaus, an das wir liefern und er hat schon zweimal nachgefragt, ob bei uns nicht eine Stelle als Designer frei wäre. Er hat ja Design studiert, aber leider ist derzeit bei uns nichts frei. Kristine hat ihn aber vertröstet, in zwei Jahren geht aus dieser Abteilung eine Designerin in den Ruhestand und da wäre sie schon interessiert, Berni einzustellen. Zweifellos hat er Talent."

Kate dachte eine Weile nach. „Und das weiß er auch, Bernhart Kleider, meine ich."

Ireen Marco nickte. „Ja, erst vor ein paar Wochen haben sie darüber gesprochen, ich war selbst dabei. Er hat ja einen guten Job und ich denke, mit dieser Aussicht war er mehr als zufrieden."

Kate nickte ihr zu. „Sagen sie, Frau Marco, Kristine hat keine Probleme damit, das Bernhadt Kleider, ähm..."

„Schwul ist?" Ireen Marco lachte auf. „Nein, auf keinen Fall. Wissen sie, das ist in der Modebranche nichts Ungewöhnliches und außerdem geht es Kristine einzig und allein darum, was jemand kann, und nicht wie er sexuell orientiert ist oder wie er aussieht, naja, mal abgesehen von den Models."

Sie zwinkerte.

Kate erhob sich. „Danke, Frau Marco."

Diese zuckte betrübt die Schultern. „Wirklich helfen konnte ich ihnen ja nicht", sagte sie und begleitete Kate zur Tür.

„Noch eine Frage. Bogdan hat erwähnt, Kristine hätte ihnen eine WhatsApp geschrieben?"

Ireen Marco überlegte kurz. „Ja, am Dienstag früh gegen 8.00 Uhr. Ich habe sie aber erst gegen 9.00 Uhr gelesen, weil ich in einer Videokonferenz war. Also habe ich sofort zurückgerufen, aber sie war nicht erreichbar. Das ist absolut ungewöhnlich. Ich habe es noch ein paarmal versucht, aber immer wieder nichts. Dann habe ich Bogdan angerufen."

Kate zögerte einen Augenblick, dann sah sie Kristine Domatschs Stellvertreterin in die Augen.

„Frau Marco, ohne feinjuristische Details, wer würde die Modemarke *KrisTin* übernehmen, wenn Kristine aus dem Geschäft ausscheiden würde?"

Ireen Marco lächelte etwas. „Nun, wenn sie so direkt fragen, Frau Schulz, und ehrlich, ich habe mich schon gewundert, dass sie diese Frage nicht eher gestellt haben. Ja, Kristine hält 60% der Anteile an der Firma und ich 40%. Sollte eine von uns sterben, geht der Anteil automatisch an den anderen und den Notarvertrag dazu haben wir bereits vor einigen Jahren gemacht. Im Übrigen, ich habe ein Alibi, ich war in einer Videokonferenz, die live übertragen wurde und man sieht dabei gut, dass ich in meinem Büro sitze." Sie holte tief Luft und öffnete die Tür. „Es wäre schön, wenn sie Kristine bald finden."

Kate reichte ihr die Hand. „Danke, Frau Marco und wir lassen nichts unversucht. Wir werden Kristine finden."

Als sie auf die inzwischen dunkle Bahnhofstraße trat, dachte sie über das Gespräch nach. Ireen Marco wirkte wirklich betroffen und hatte scheinbar ein handfestes Alibi, was sich leicht überprüfen ließe, aber könnte sie nicht jemand mit der Entführung beauftragt haben? Immerhin war Kristines Unternehmen, das hatte Steven herausgefunden, finanziell ausgesprochen gut aufgestellt, zumal der Zuwachs am Online-Geschäft seit der Pandemie ständig stieg. Aber was nützte das Ireen Marco ohne die Leiche?

Kate blieb einen Augenblick stehen. Wenn sie clever wäre und so schätzte sie sie ein, würde sie warten, sogar länger warten und irgendwann würde die Leiche auftauchen. Aber warum die K.-o.-Tropfenserie? Ablenkungsmanöver.

Plötzlich schwirrte ihr richtiggehend der Kopf. Sie musste in Ruhe darüber nachdenken, aber definitiv nicht mehr heute Abend. Mit einem Seufzer stieg sie in ihr Auto.

Warum hatte sie das Gefühl, als habe sie nur Nebel im Kopf?

Als sie nach Hause kam, fand sie Mike schlafend in der Bibliothek vor. Er wirkte völlig fertig und das war auch kein Wunder. Sie wusste, wie Gebhardt ihm im Genick saß und nicht nur ihm, sondern seinem gesamten Team.

Behutsam deckte sie ihn zu, nahm sich in der Küche eine Scheibe Brot mit Käse und ging mit einem Buch, auf dessen Handlung sie sich nicht konzentrieren konnte, ins Bett. Irgendwann in der Nacht spürte sie, wie Mike unter die Decke kroch und ihr einen Kuss auf den Nacken drückte.

Als ihn der Wecker aus dem Schlaf klingelte, stieg sie ebenfalls aus dem Bett. Sie wusste, dass sie nicht mehr einschlafen konnte.

„Mach dich fertig, ich geh laufen und bringe Brötchen mit", sagte sie zu ihm, aber er schüttelte nur den Kopf. „Ich habe schon für acht eine Beratung anberaumt, tut mir leid, wir frühstücken am Wochenende ausgiebig, okay?"

Als er nach einer schnellen Dusche und Rasur in die Küche kam, drückte Kate ihm einen Kaffeebecher in die Hand und einen Kuss auf den Mund.

„Bis heute Abend", sagte sie, winkte ihm zu und trabte in Richtung Stadtpark davon.

„Davon können wir uns eine Scheibe abschneiden", rief Omar über die Straße, bevor er in seinen SUV stieg.

Mike grinste und nickte. „Ja, vor allem du", dachte er, sagte aber nichts.

Omar hob die Hand und zeigte mit dem Zeigefinger

auf ihn. „Ich kann Gedanken lesen, mein Freund."

Jetzt musste Mike lachen. Zumindest begann der Tag nicht ganz so bierernst, auch wenn sich das gleich ändern würde.

Da Kate keinen Zeitdruck hatte, lief sie eine große Runde. Sie hoffte, dadurch den Kopf freizubekommen. Auf dem Rückweg nahm sie je eine Brötchentüte für sich und für Ernst Winter und seine Lebensgefährtin mit. Schließlich war auch er es, der im Winter kommentarlos ihre Ausfahrt schneefrei hielt, ganz gleich zu welcher Tageszeit.

Zu Hause angekommen, klingelte sie bei ihren Nachbarn und hängte die Brötchentüte an den Zaun. Dann duschte sie sich und da das Wetter sehr angenehm war, setzte sie sich zum Frühstück auf die Terrasse, begleitet von einer beharrlich miauenden Mascha.

„Du hast dein Futter, Fräulein, es gibt nicht immer Extras."

Ein zutiefst beleidigter Blick folgte und Mascha setzte sich in Bewegung Richtung Nachbarhaus. Dort würde ein weniger konsequenter Ernst Winter ihr ein Schälchen Sahne anbieten.

Kate frühstückte langsam, aber ohne sichtlichen Appetit, dabei lauschte sie dem aufgeregten Zwitschern der Vögel, die intensiv mit Nestbau beschäftigt schienen und grübelte über den gestrigen Tag nach.

Auch jetzt, nach dem langen Lauf und dem Frühstück war sie keinen Schritt weiter.

Sie war sich unsicher, ob wirklich Ireen Marco eine so gute Schauspielerin war, um ihr die gestrige

Betroffenheit vorzuspielen und gleichzeitig den Mord an ihrer Chefin planen würde.

Immerhin war sie sich sicher, dass Marcos Einschätzung, dass unter der Konkurrenz niemand war, der Kristine so etwas antun würde, zutraf, zumal es auch keine Lösegeldforderung gab.

Also sollte sie doch in Kristines Privatleben stöbern, auch wenn ihr das nicht gefiel.

Zumindest das war die einzige noch denkbare Option. Sie erhob sich, warf die Reste ihres Brötchens zerkrümelt auf den Rasen, über das sich die Stare sofort hermachten, räumte das Geschirr in den Spüler und ging nach oben, um sich anzuziehen.

Es war auf 11.00 Uhr, als sie im Büro eintraf und Chris aus seiner Tür trat, gefolgt von einem blonden, jungen Mann. Dieser trat mit einem gewinnenden Lächeln auf Kate zu. „Guten Morgen, ich bin Felix."

„Felix?", fragte Kate und sah zwischen ihm und Chris hin und her. „Felix ist mein Freund", erklärte ihr Stellvertreter und Kate reichte dem jungen Mann die Hand.

„Hallo, schön sie kennen zu lernen."

Dann wanderte ihr Blick wieder zu Chris, der mit einer Kopfbewegung auf Kates Büro deutete. Sie war etwas erstaunt, ging dann aber mit beiden Männern hinein.

„So, was will Felix mir denn sagen?", begann sie, nachdem Chris die Tür geschlossen hatte.

Dieser schluckte kurz und sah sie an. „Du hast mir gestern nicht geglaubt, als ich dir sagte, dass dieser Kleider nicht schwul ist."

Kate hörte eine gewisse Kränkung heraus, ließ das aber unkommentiert. „Allerdings, zumal mir noch am gleichen Abend Ireen Marco bestätigte, dass es so ist", antwortete sie stattdessen.

Chris deutete auf Felix. „Du hast mich richtiggehend verwirrt, also bat ich Felix um seine Einschätzung."

Kate runzelte die Stirn und sah auf den jungen Mann. „Seine Einschätzung, wie…"

Der lächelte sie an. „Ich bin heute Vormittag in das Modehaus gegangen und habe mich von ihm beraten lassen. Davon abgesehen, brauche ich sowieso ein neues Outfit. Jedenfalls, um es kurz zu machen, ich habe heftig mit ihm geflirtet und ihn ziemlich verwirrt damit." Er lachte. „Er hat zwar versucht, sich nichts anmerken zu lassen und auch ein Stückweit mitgespielt, besonders, wenn eine Kollegin vorbeikam, aber Frau Schulz, glauben sie Chris. Dieser Bernhardt ist definitiv nicht schwul."

Kate sah die beiden jungen Männer eindringlich an und ließ sich auf ihren Bürostuhl fallen.

„Sicher?", fragte sie nach und unisono nickten beide.

„Absolut sicher", sagte Felix im Brustton tiefster Überzeugung.

Kate faltete die Hände und schlug sie langsam vor den Mund. „Das ändert alles. Bitte ruf Steven an, er soll so schnell es geht kommen." Dann sah sie zu Felix. „Ich danke ihnen."

Mit einem festen Händedruck verabschiedete dieser sich, legte kurz seinen Arm um Chris und ging hinaus.

„Bist du böse?", fragte der leise und sah Kate an.

Die lächelte. „Nein, es war eine gute Idee."

Zufrieden zurücklächelnd legte ihr Stellvertreter die Hand auf die Klinke.

„Chris?" Der drehte sich um. „Ist es etwas Ernstes, ich meine, mit Felix?"

Eine leichte Röte stieg in seine braunen Wangen. „Ich denke schon", sagte er leise.

„Freut mich für dich", sagte Kate und er nickte.

„Hat sich Steven schon gemeldet?"

- -

Kapitel 9

Steven Neubauer traf eine Stunde später ein und Kate sah ihm an, dass er diese Nacht nur kurz, wenn überhaupt geschlafen hatte. Mit einem besorgten Seitenblick stellte ihm Maria, die sein müdes Gesicht wohl richtig gedeutet hatte, eine Tasse grünen Tee hin und verließ Kates Büro.

„Und, was gibt es Neues?", fragte sie.

Steven setzte langsam den Laptop ab und sagte ruhig. „Ich habe dir schon alles geschickt, wie auch die Tage vorher."

Obwohl keinerlei Vorwurf aus seiner Tonlage zu erkennen war, sah Kate auf, um im nächsten Moment sich gegen die Lehne ihres Bürostuhls sinken zu lassen. „Ich habe es nicht…verflixt."

Urplötzlich brach sie in Tränen aus. Sie schlug die Hände vor ihr Gesicht und ihre Schultern zuckten. Plötzlich umfassten sie zwei Arme und es war Steven, der sie fest an sich drückte. „Lass es einfach raus", sagte er leise.

Kate schluchzte einige Male heftig und sie merkte, dass ihre Tränen Stevens T-Shirt durchnässten. Langsam machte sie sich los, als ihr auch schon von Chris ein sauber gefaltetes Stofftaschentuch gereicht wurde.

Am liebsten hätte sie die beiden Männer aufgefordert ihr Büro zu verlassen, aber andererseits wollte sie es auch wieder nicht. Sie wischte sich das Gesicht ab, putzte sich die Nase und sah von Steven zu Chris.

„Was müsst ihr nur von mir denken?", sagte sie
schließlich und steckte das Taschentuch in ihre Ja-
ckentasche.

„Das du einen Menschen verloren hast, der dir sehr,
sehr nahestand. Das du deine Reise zu ihrer Beerdigung nicht antreten konntest, weil ein guter Freund
von dir deine Hilfe nötig braucht. Und schließlich,
dass du glaubst, alles allein machen zu müssen",
sagte Chris und hob die Hand, als sie antworten
wollte. „Und ich trage einen erheblichen Anteil daran, weil ich nicht imstande war, Bogdan selbst die
Hilfe zuteilwerden zu lassen, die er gebraucht hätte."
Jetzt musste Kate sogar ein bisschen lächeln.

„Schön, jetzt machst du dir auch noch Vorwürfe. Was
für ein Gefühlschaos."

Steven zog sich einen Stuhl heran und setzte sich neben sie. Sie sah betroffen auf die nassen Flecke auf
seinem Shirt. „Entschuldige", murmelte sie und er
schüttelte den Kopf.

„Dafür? Nein. Geht es wieder?", fragte er, immer
noch besorgt.

Kate holte tief Luft und nickte.

Steven deutete Chris, auch Platz zu nehmen und zog
seinen Laptop heran. „Ich gebe dir jetzt eine Zusam-
menfassung. Als erstes zu Ireen Marco, Kristine Domatschs Stellvertreterin. Sie ist zweiundfünfzig Jahre
alt, geschieden, keine Kinder, hatte und hat aber etli-
che Affären mit Männern, die ihr scheinbar nicht
eben guttun, aber dazu sage ich noch etwas. Sie hat
Schneiderin gelernt, als Garderobiere am Theater

111

gearbeitet, später noch ein BWL-Studium absolviert, was sie allerdings scheinbar nicht in die Lage versetzte, ihre eigenen Finanzen im Griff zu haben. Zwar verdient sie bei Kristine außerordentlich gut, aber sie hat auch außerordentlich hohe Schulden, die sich eher anzuhäufen scheinen."

Kate sah ihn interessiert an. „Und warum, hat sie so einen aufwändigen Lebensstil?"

Steven zog etwas die Schultern nach oben. „Auch, sie hat jede Menge Außenstände, weil sie sehr großzügig Geld verleiht und scheinbar nicht zurückbekommt. Das sind die Männerbekanntschaften, von denen ich gesprochen habe. Da sind einige dabei, die auch Mike bekannt sein dürften. Der Hauptposten sind aber ihre Spielschulden, die gute Ireen spielt leidenschaftlich gern Roulette und verliert regelmäßig. Kurzum, sie ist spielsüchtig."

„Damit hätte sie ein Motiv", warf Chris ein.

Steven wog den Kopf hin und her. „Ja, hätte sie, aber sie hat eindeutig ein Alibi. Ich habe das heute Nacht noch überprüft", sagte er, an Kate gewandt. „Die Videokonferenz war tatsächlich um diese Zeit und sie war live. Wenn, dann hat sie jemand anders mit der Entführung beauftragt."

„Na klar. Sie hat Kristine angerufen und ihr gesagt, sie schickt eine Bekannte vorbei, warum auch immer. So hat diese keinen Verdacht geschöpft, zumal es sich ja um eine Frau gehandelt hat und sie ihre mutmaßliche Entführerin arglos in die Wohnung gelassen."

Chris hatte sich richtiggehend in seine Version hineingesteigert und sah seine Chefin an.

Die überlegte angestrengt. „Gut, so könnte es gewesen sein. Aber wenn es um das Geld geht, warum dann Kristine entführen und das ohne Lösegeldforderung?"

Chris senkte den Kopf. „Vielleicht lebt sie schon nicht mehr und die ganze Entführung sowie die K.-o.-Tropfenaktion war ein Ablenkungsmanöver für die Polizei und auch uns. Irgendwann taucht ihre Leiche auf, vielleicht sind bis dahin schon alle Spuren verwischt und Ireen Marco erbt die Firma. Damit wäre sie mit einem Schlag ihre Probleme los."

„Das wäre ein echtes Horrorszenario", bemerkte Steven und nippte an seinem grünen Tee, der inzwischen kalt geworden war.

Kate nagte etwas an ihrer Unterlippe. „Trotzdem, eine Frau hätte demnach Kristine überwältigt? Sie müsste ziemlich viel Kraft haben, wenn man die Spuren in Kristines Wohnung bedenkt."

Steven sah Kate an. „Warum nicht? Du könntest das doch auch, oder?" Er spielte auf Kates Erfahrungen im Kampfsport an.

Sie wog schweigend den Kopf hin und her. „Vielleicht", murmelte sie. „Und was ist mit Bernhardt Kleider?", fragte sie schließlich.

Steven setzte sich wieder aufrecht hin und tippte kurz auf seinen Laptop. „Bernhardt Kleider, ledig, keine Kinder, hat nach dem Abitur eine handwerkliche Ausbildung gemacht, sicher auf Betreiben seines

Vaters, der einen privaten Schlossereibetrieb besaß, anschließend sogar ein Ingenieurestudium, dann starb der Vater und Kleider verkaufte umgehend die gutgehende Firma. Damit hatte er genügend Geld sich sein zweites und wahrscheinlich eigentliches Traumstudium zu ermöglichen, nämlich Grafikdesign. Er jobbt hier und da, in Leipzig, in Berlin, Hamburg, Köln. Vor drei Jahren kam er wieder nach Plauen zurück. Seine Mutter war inzwischen gestorben, er verkaufte ihr Haus zu einem guten Preis und hat sich eine kleine Eigentumswohnung zugelegt. Zumindest hat er noch so viel Geld übrig, das er nur halbtags als Verkäufer in einem Modehaus arbeitet. Dort ist er sehr beliebt."

Steven schob den Laptop von sich.

„Er kennt Kristine, wenn auch mehr oder weniger flüchtig, das hat er von sich aus erzählt und Ireen Marco hat es bestätigt."

„Vielleicht hat er Ireen geholfen? Das würde auch den Kraftaufwand erklären, mit dem er Kristine in diesen Sessel gedrückt hatte", unterbrach Chris Kate, aber die winkte ab.

„Warum? Steven hat es doch eben gesagt, er ist finanziell gut aufgestellt. Warum sollte er ihr helfen?"

Kate schüttelte den Kopf. „Nein, ich bin nur darüber gestolpert, weil du und Felix mir versichert haben, er sein nicht schwul, obwohl er sich so gibt."

Jetzt winkte Steven ab. „Das kann doch tausend Gründe haben, vielleicht ist er sich selbst unsicher, was weiß ich. Aber das alles bringt uns Kristine keinen Millimeter näher."

Kate nickte ihm zu. „Danke, deine Recherchen waren wirklich sehr umfangreich. Leg dich jetzt hin und schlafe, du siehst so aus, als könntest du es brauchen."

Zweifelnd sah er von Kate zu Chris. „Seid ihr sicher, dass ihr mich nicht braucht?"

Sie nickte. „Und wenn, rufen wir dich an, okay? Und danke nochmal."

Er erhob sich und klopfte ihr auf die Schulter. „Dazu sind Freunde da", sagte er und lächelte.

Kate eilte die Treppen in Mikes Büro hinauf. Auf dem Flur begegnete ihr Mary Struwe.

„Ist eine Beratung angesetzt?", fragte diese, aber Kate schüttelte den Kopf.

„Nein, ich will nur kurz etwas mit Mike besprechen." Sie lächelte der jungen Kommissarin zu und klopfte an Mikes Tür. Als sie eintrat, saß dieser hinter seinem PC und schien aufmerksam etwas zu lesen.

Er stand auf, ging um den Schreibtisch herum und küsste Kate auf die Wange. Dann sah er sie eindringlich an.

„Was ist, Kate?", fragte er besorgt.

Sie wollte schon lächelnd sagen, alles sei okay, aber das war es nicht und das wusste ihr Mann auch.

„Ich hatte vor Steven und Chris einen Heulkrampf", sagte sie und ließ sich auf den Stuhl neben dem kleinen Tisch fallen. Mike setzte sich ihr gegenüber, griff über den Tisch und nahm ihre Hand in die seine.

Als er schwieg, räusperte Kate sich. „Steven hatte mir alles per E-Mail geschickt und ich habe es nicht mal gelesen. Das war mir so peinlich, ich kann mich nicht mehr richtig konzentrieren, ich drehe mich gedanklich im Kreis, ich…"

„Glaubst du, Steven und Chris haben das als peinlich empfunden, als eine Schwäche von dir?", unterbrach sie Mike.

Kate holte tief Luft, weil sie spürte, wie bereits wieder eine Welle an Emotionen sie zu überrollen drohte. Sie schloss kurz die Augen, aber dann schüttelte sie zögernd den Kopf.

„Nein, nein, das denke ich nicht."

Mike nickte. „Gut, aber du gestehst dir es selbst nicht zu, oder?"

Sie sah ihn an. Er hörte, wie sie etwas mit den Zähnen knirschte. „Nein", sagte sie leise. „Nein, ich gestehe es mir selbst nicht zu. Schwäche gibt mir das Gefühl von Unsicherheit, es bringt mich aus der…Balance." Als sie langsam ihre Hand zurückzog, stand Mike auf, ging zu seinem Kaffeeautomat und machte sich daran zu schaffen.

„Ich denke", sagte er schließlich und stellte ihr eine gefüllte Tasse hin. „Es geht dir um Kontrolle, genauer gesagt, um Selbstkontrolle. Du verlangst von dir, perfekt zu funktionieren und wenn es nicht funktioniert, bist du zutiefst verunsichert und enttäuscht von dir."

Kate griff zu ihrer Tasse und nahm einen Schluck.

„Ich wusste gar nicht, dass du unter die Profiler gegangen bist", sagte sie leicht sarkastisch, aber das konnte Mike nicht täuschen.

Er wusste, dass er den Nagel auf den Kopf getroffen hatte und dass das auch Kate klar war. Er setzte sich ihr wieder gegenüber und nippte an seinem Kaffee. Als er die Tasse abstellte, deutete er auf sie mit dem Finger. „Du kannst nicht immer funktionieren und du kannst auch nicht immer perfekt sein. Und weißt du was? Wenn das so wäre, würde ich nicht mit dir leben wollen, Kate."

Er sah, dass Kate etwas sagen wollte, aber dann schwieg sie.

„Kate, deine Tante ist gestorben und ich weiß, wie

stark das Band zwischen euch war. Es ist, als ob du deine Mutter noch einmal verloren hast, stimmts?" Als Kate noch immer nichts sagte, fuhr er fort. „Du wolltest allein zum Flughafen fahren, um in deiner Trauer allein zu sein, weil du die auch niemand zeigen wolltest, nicht einmal mir."

Kate hörte eine leichte Kränkung aus seinen Worten. Schließlich nickte sie. „Ja, du hast recht, mit allem. Das war es auch, was Steven und Chris gesagt haben. Aber ich konnte doch Bogdan nicht…"

Sie brach ab, sichtlich mit ihrer Beherrschung kämpfend.

„Das war die richtige Entscheidung, Kate, auch wenn ich es vor ein paar Tagen noch anders gesehen habe. Und ich sehe ein, dass du recht hattest, bezüglich der K.-o.-Tropfen und Kristine. Es gibt eine Verbindung." Er sah, wie erleichtert Kate war, dass er auf die rationale Ebene zurückkam.

Sie schob ihre Kaffeetasse weg. „Darum bin ich eigentlich gekommen." Dann berichtete sie ihm von Stevens Ergebnissen.

Beeindruckt nickte Mike. „Das ist ein wirklich guter Ansatz. Ireen Marco hätte also mehr als nur ein Motiv."

Kate wog den Kopf langsam hin und her. „Aber sie hat ein gutes Alibi."

Mike winkte ab. „Sie hätte jemand beauftragen können."

Kate ließ sich in dem Stuhl zurückfallen. „Was mich mehr bewegt, wo ist Kristine und lebt sie überhaupt noch?"

Mike klopfte entschlossen mit den Fingern auf den Tisch. „Weißt du was, Gebhardts Animositäten hin oder her, jetzt werde ich aktiv und zwar nicht mehr im Verborgenen wie bisher. Offiziell stehen die K.-o.-Tropfenfälle und die Entführung von Kristine Domatsch in Verbindung."

Kate atmete erleichtert aus. „Was hast du vor?"

„Ich werde damit an die Öffentlichkeit gehen, und zwar diesmal in einer regulären Pressekonferenz. Da werde ich auch nochmals auf das Phantomfoto der unbekannten Frau eingehen. Vielleicht ist sie wirklich der Missing Link, der Ireen Marco mit Kristines Entführung in Verbindung bringt. Ich werde sie offiziell vorladen. Bittest du Steven, mir alles zur Verfügung zu stellen, was er bisher herausgefunden hat?"

Sie nickte. „Natürlich, in spätestens einer halben Stunde hast du alles."

Sie erhob sich und Mike schloss sie fest in die Arme.

„Wenn das hier alles vorbei ist, fliegst du nach Israel und wenn du möchtest, begleite ich dich."

Sie sah ihn erstaunt an. „Wirklich? Das würdest du tun? Aber kannst du denn weg hier?"

Er zuckte die Schultern. „Es gibt noch Marianne und Mary, es geht also auch mal ohne mich."

Kapitel 10

Steven hatte die Ergebnisse seiner Recherchen nicht nur an Mike, sondern auch gleich an Frank Keilwert, den Chef der Abteilung Internetkriminalität weitergeleitet, der kurz darauf in Mikes Büro stürmte.

„Also eines muss man ja den Leuten deiner Frau lassen, sie arbeiten überaus effizient", sagte er und nahm neben Mikes Schreibtisch Platz.

„Kaum hatte ich die Liste der Namen der Ex- Lover dieser Ireen Marco und die Hintergrundinformationen dazu, hatte ich schon den ersten Treffer. Dieser Sergej Rownov ist ein alter Bekannter von uns."

Mike runzelte die Stirn. „Rownov? Sagt mir was."

Frank grinste. „Sollte es auch. Er hat sich unter anderem als Geldeintreiber in einschlägigen Kreisen einen Namen gemacht. Das letzte Mal saß er ein, weil er einen nicht zahlungsbereiten Kunden einen Finger abgeschnitten hat, mit der Drohung, die anderen neun folgen zu lassen, wenn er nicht zahlt. Dessen Freundin hat völlig hysterisch reagiert und gegen den Willen des Geschädigten die Polizei gerufen und Rownov eindeutig identifiziert."

Mike nickte. „Ja, jetzt erinnere ich mich. Wenigstens dafür konnten wir ihn einsperren."

Frank winkte ab. „Der ist schon längst wieder draußen und hatte dann eine Affäre mit dieser Ireen Marco. Und weißt du, für wen er auch gearbeitet hat?"

Mike verstand. „Für Bogdan Serwowitsch, hab ich

recht?"

Keilwert nickte.

Mike erhob sich. „Gut, dann suche ich Bogdan jetzt auf."

Er klopfte an Mariannes Büro und trat ein. Sie saß gerade mit Mary Struwe am PC.

„Schön, dass ich euch beide treffe", sagte Mike und schloss die Tür hinter sich. „Endlich kommt Bewegung in die Sache. Ich fahre jetzt zu Bogdan Serwowitsch. Ein ehemaliger Angestellter von ihm, Sergej Rownov, scheint in die Sache involviert zu sein."

Er sah Mary an. „Informiere bitte Frau Marco, ich möchte sie sprechen, umgehend. Mach es dringend."

Er machte eine Geste zu Marianne. „Setzt du dich bitte mit Gebhardt in Verbindung? Wahrscheinlich werden wir entweder Rownov oder die Marco oder beide verhaften."

Mary sah Mike verdattert an. „Wie kommt jemand wie Ireen Marco zu Rownov?"

Mike lächelte. „Die Turteltäubchen hatten ein Verhältnis." Dann nickte er den beiden Frauen zu und ging zu seinem Wagen.

Mike traf Bogdan Serwowitsch zu Hause an. Verständlich, dass der jetzt keinen Nerv dafür hatte, seine Geschäfte wie bisher zu betreiben, zumal er durchaus kompetente Geschäftspartner hatte. Erstaunt bat er Mike, den er nicht erwartet hatte, in das große, geschmackvoll möblierte Wohnzimmer und bot ihm einen Kaffee an. Dann setzte er sich Mike gegenüber.

„Gibt es eine Spur von Kristine?", fragte er zögerlich, als befürchte er eine schlimme Nachricht.

Mike schüttelte den Kopf. „Kennst du einen Sergej Rownov?"

Bogdans Augenbrauen schnellten nach oben. „Hast du ihn in Verdacht?"

Mike seufzte. Einerseits wollte er nicht zu viel über mögliche Zusammenhänge erzählen, aber andererseits hatte Serwowitsch ein Recht darauf, zumal Kate ihm mit Sicherheit über kurz oder lang einweihen würde. Also erzählte er ihm von Ireen Marco und ihrer Affäre mit Rownov.

Stirnrunzelnd hörte Serwowitsch zu. „Sergej Rownov? Ausgeschlossen. Also, ich meine nicht, dass Sergej ein Verhältnis mit Ireen hatte, was mich allerdings erstaunt, aber gut. Nein, er würde das nicht tun."

Mike glaubte sich verhört zu haben. „Bogdan, der Kerl ist kriminell und skrupellos. Er hat einem Schuldner einen Finger abgeschnitten und drohte ihm, die anderen neun noch folgen zu lassen, er…"

„Ich weiß", unterbrach ihn Bogdan ruhig. „Trotzdem,

er hat damit nichts zu tun.", wiederholte er.

Mike hob beide Hände. „Würdest du mich freundlicherweise erleuchten?", fragte er mit einem gewissen Sarkasmus in der Stimme.

Serwowitsch erhob sich und lief im Zimmer auf und ab. Bis auf die Tatsache, dass er unglaublich müde aussah, schien er sich gut im Griff zu haben.

„Rownov hat für mich gearbeitet, lange bevor ich Kristine kannte." Er brach ab und sah zu Mike hin.

„Gut, was ich dir jetzt sage, sage ich nur einmal und das in diesen vier Wänden."

Mike zuckte ratlos die Schultern. „Wie meinst du das?"

„Genau so", antwortete Bogdan und holte tief Luft.

„Also, Sergejs Bruder war in Schwierigkeiten, in sehr großen Schwierigkeiten."

Hier horchte Mike auf. Er musterte Serwowitsch, der seine Wanderung durch den Raum fortgesetzt hatte.

„Was hat er angestellt?", fragte er, aber Bogdan winkte ab. „Das tut nichts zur Sache. Ich kannte den Jungen und ich habe ihm geglaubt."

Mike nickte. „Du hast ihm geholfen abzutauchen, stimmts?"

Serwowitsch wandte sich ihm zu. „Ja. Ich habe ihm geholfen. Mit neuen Papieren und mit Geld."

Er machte eine Bewegung mit den Händen in Richtung Decke. „Das ist lange her, aber vielleicht verstehst du jetzt, warum Rownov nicht an der Entführung von Kristine beteiligt sein kann. Es ist eine Frage der Ehre."

Mike warf ihm einen ungläubigen Blick zu, aber Bogdan Serwowitsch schien fest davon überzeugt zu sein.

„Eine Frage der Ehre", wiederholte Mike murmelnd und sein Gegenüber nickte.

„Ja. Und daran hält sich Sergej genauso wie ich."

„So ein Schwachsinn", dachte Mike, hütete sich aber es auszusprechen. Stattdessen erhob er sich, um sich zu verabschieden.

Er jedenfalls würde Sergej Rownov nicht so schnell von seiner Liste der Verdächtigen streichen.

Kaum hatte Mike das Haus verlassen, stieg Bogdan Serwowitsch in sein Auto und fuhr in Kates Büro. Erst als er den Fahrstuhl betrat, fiel ihm ein, dass sie wahrscheinlich gar nicht dort sein könnte. Er war zu aufgeregt gewesen, um sich telefonisch anzukündigen.

Aber er hatte Glück, Kate saß in ihrem Büro, zusammen mit Steven, der seinen Laptop aufgeklappt hatte. Sie sah erstaunt auf, als Maria mit einem Lächeln Bogdan Serwowitsch hereinführte.

„Bogdan, setz dich doch", sagte sie und Maria trug eine Tasse Kaffee herein und stellte sie neben Bogdan auf den Tisch. Er warf ihr einen dankbaren Blick zu, dann ging sie hinaus und schloss die Tür.

„Mike war eben bei mir." Er erzählte von Sergej Rownov und seinem Bruder, dieses Mal etwas ausführlicher, als er es vor dem Hauptkommissar der Plauener Polizei getan hatte.

Kate und Steven sahen sich an.

„Du schließt ihn also definitiv aus?" Steven schaffte es immer wieder, seinen Tonfall völlig neutral zu halten. Bogdan nickte.

Kate seufzte auf. Es war zum verrückt werden, sie kamen nicht weiter. „Dann bleibt uns noch Ireen Marco, sie hätte das stärkste Motiv, aber ein Alibi. Auch wenn Mike sie nochmals befragen will, aus diesem Grund stellt ihm Gebhardt keinesfalls einen Haftbefehl aus, wenn, wie du sagst, eine Beteiligung von Rownov ausgeschlossen werden kann."

„Ich kann mir auch bei Ireen nicht vorstellen, dass sie

etwas mit der Entführung zu tun hat. Wenn sie solche Schulden hat, warum hat sie sich Kristine nicht einfach anvertraut? Sie hätte eine Lösung gefunden."

„Trotzdem", begann Steven wieder. „Irgendjemand muss Kristine beobachtet haben, ihre Gewohnheiten. Es gibt nur zwei Möglichkeiten. Das oder es ist jemand aus ihrem direkten Umfeld, und das wäre nur Ireen Marco."

Kate stand auf und ging zu ihrem Computer. Nach und nach druckte sie mehrere Fotos aus.

„So", sagte sie zu Bogdan. „Jetzt fragen wir alle, die am meisten um Kristine herum sind. Jemand muss etwas gemerkt haben. Und bei Oleg fangen wir an, er hat die beste Beobachtungsgabe."

Sichtbar froh, dass Kate die Initiative ergriff, sprang Bogdan auf, warf noch fast die halbvolle Kaffeetasse um, die Steven allerdings geschickt auffing und folgte Kate hinaus.

An der Tür sah sich diese noch einmal um. „Steven, bleib bitte in Bereitschaft."

Der Computerexperte nickte und packte seinen Laptop zusammen.

Oleg konnte nichts anderes tun, als die Bilder lange und intensiv anzuschauen und bedauernd den Kopf zu schütteln.

„Nein", sagte er schließlich und sah zwischen Kate und seinem Chef hin und her. „Ich würde mich erinnern, wenn uns jemand von diesen Bildern öfter als einmal über den Weg gelaufen wäre."

Kate glaubte ihm.

Oleg war als Bodyguard darauf trainiert, genau solche Situationen wahrzunehmen und auf ein potenzielles Risiko abzuwägen.

Bogdan klopfte ihm auf die Schulter. „Mach für heute Feierabend, ich habe genügend Schutz."

Er deutete auf Kate und Oleg, der wusste, über welche Qualifikationen diese verfügte, nickte ernst und verabschiedete sich, ohne zu zögern.

„Und jetzt?", fragte Bogdan.

„Wir fahren nochmals in die Melanchthonstraße, zu Frau Mischke. Sie ist die Einzige im Haus, die durch die Kinder öfter zu Hause ist, vielleicht ist ihr etwas aufgefallen."

Wortlos stieg Bogdan in den Wagen und Kate nahm auf dem Beifahrersitz Platz.

Sie hatten Glück und Frau Mischke war zu Hause, die Kinder allerdings noch in der Kita.

„Ich muss sie auch gleich abholen", sagte sie mit einem bedauernden Blick auf Kate und Bogdan, nachdem sie diese in die Küche geführt hatte.

Kate legte die Fotos nebeneinander auf den Tisch.

„Frau Mischke, wir halten sie nicht lange auf. Bitte,

schauen sie sich die Fotos genau an. Kennen sie jemand darauf, war der oder die Betroffene hier im Haus oder auf der Straße?"

Die junge Frau sah sich die Fotos an und tippte auf eines der Bilder. „Diese Frau hier, sie war ab und zu bei Kristine. Sie heißt, warten sie, ja, sie heißt Ireen. Ich glaube, sie arbeitet mit Kristine zusammen."

Wieder sah sie von Kate zu Bogdan. „Hat sie etwas damit zu tun?", fragte sie besorgt.

Kate schüttelte den Kopf. „Nein, Frau Mischke und sie haben recht. Frau Marco ist die Stellvertreterin von Frau Domatsch. Aber sonst kommt ihnen niemand bekannt vor?"

Die junge Frau schüttelte den Kopf. „Nein. Niemand." Sie hinterfragte nicht, warum sich ausgerechnet Ireen Marcos Foto unter den Bildern befand. Scheinbar dachte sie, das geschehe aus ermittlungstaktischen Gründen.

„Danke", sagte Bogdan und man konnte seine Enttäuschung förmlich spüren.

„Es tut mir leid", sagte Frau Mischke und sah ihn an. „Ich hoffe, Kristine wird so schnell wie möglich gefunden."

Bogdan nickte und gemeinsam mit Kate verließ er die Wohnung. Draußen lehnte er sich an das Geländer. Er wirkte erschöpft. „Und jetzt?" fragte er.

Kate holte tief Luft. „Was meinst du, macht es Sinn, Kristines Mutter zu befragen?"

Der zuckte die Schultern. „Ab und an hat sie relativ klare Momente, aber das weiß man nie im vorab."

„Versuchen wir es trotzdem", sagte Kate.

Elisabeth Domatsch bewohnte mit ihrer Pflegerin eine helle und geräumige Eigentumswohnung im Plauener Westend.

Valentina Petrowna, eine ausgebildete Krankenpflegerin, lebte seit dreißig Jahren in Deutschland und seit vier Jahren bei Elisabeth Domatsch, unterstützt von einem ambulanten Pflegedienst sowie drei Mal wöchentlich von der gleich nebenan gelegenen Tagespflege beziehungsweise einer Betreuungskraft.

Sie öffnete auch die Tür und sah Bogdan hoffnungsvoll an. „Und, geht es Kristine gut?"

Dieser zuckte nur die Schultern und umarmte die gebürtige Russin. „Wir sind noch keinen Schritt weiter. Wie geht es Elisabeth?"

Die Pflegerin hielt die Tür auf und reichte Kate die Hand. „Heute ist sie sehr still. Die Betreuungskraft ist gegangen, als ich vom Einkauf zurückkam. Sie hat nur gesagt, sie wolle ihre Ruhe."

Gemeinsam gingen sie in das geräumige Wohnzimmer, wo Elisabeth Domatsch in einem gelben Ohrensessel direkt am Fenster saß. „Frau Domatsch, sie haben Besuch. Bogdan ist da."

Dieser beugte sich zu der zierlichen, weißhaarigen Frau hinunter und küsste sie auf die Wange. „Das ist schön", sagte diese leise, dann sah sie wieder aus dem Fenster, ohne von Kate, die neben Bogdan getreten war, Notiz zu nehmen.

Valentina Petrowna zuckte die Schultern und deutete zum großen Wohnzimmertisch, um den mehrere

Stühle standen.

„Darf ich ihnen etwas anbieten?", fragte sie Kate, die dankend ablehnte, aber die Fotos auf der Tischplatte ausbreitete. Dabei hatte sie das Foto von Ireen Marco gleich in der Tasche gelassen, da Elisabeth Domatschs Pflegerin diese mit Sicherheit als Kristines Stellvertreterin kannte.

„Frau Petrowna, schauen sie sich bitte die Bilder genau an. Erkennen sie jemand darauf wieder, der vielleicht das Haus beobachtet hat, wenn Kristine hier war oder…"

Der Zeigefinger der Pflegerin ging zielsicher auf ein Foto.

Bogdan und Kate sahen sich an. „Bist du dir sicher?", fragte Serwowitsch und Valentina Petrowna nickte, ohne zu zögern.

Kate nahm ihr IPhone. „Steven? Du musst mir etwas heraussuchen, und zwar so schnell es geht", sagte sie und reichte der Pflegerin die Hand, während Bogdan die Fotos zusammenschob und einsteckte.

Kapitel 11

„Hier ist es", sagte Kate und stieg aus Bogdans Wagen. Das alte Produktionsgebäude war marode, verfügte aber über eine ziemlich neue und scheinbar in-
takte Stahltür.

Kate sah sich um. Die zwei großen Fenster waren zu-
gemauert, sicher, um das Gebäude vor weiteren
Schäden durch Vandalen zu schützen. Sie sah sich
den Boden vor ihnen an und entdeckte Reifenspuren,
ziemlich neue Reifenspuren.

Bogdan sah sie auch. „Wir sind richtig", sagte er und
schloss die Wagentür.

„Und jetzt gehe ich da rein", sagte er entschlossen
und Kate sah ihn erschrocken an.

„Lass uns warten, Bogdan", sagte sie alarmiert, aber
dieser schien sie überhaupt nicht mehr zu registrieren. Sie sah, wie er eine Pistole aus der Manteltasche
zog und in Richtung der Stahltür stürmte.

„Verflixter Mist", stieß Kate hervor. Warum hatte sie
nicht darauf bestanden, dass wenigstens Matt oder
Oleg sie begleiteten? Sie hatte in keiner Weise vermutet, dass sie wirklich erfolgreich sein könnten.

„Kristine", hörte sie Bogdan rufen und setzte nach.
Er hatte die schwere Tür so weit geöffnet, dass sie
ebenfalls hineinschlüpfen konnte. Das diese nicht
verschlossen war, schien ihn nicht zu verwundern,
Kate dagegen schon.

Aber sie hatte keine andere Chance, als ihm zu folgen, wollte sie ihn nicht in Gefahr bringen.

Das Bild, das sich ihr bot, verschlug ihr den Atem.
Die ehemalige Fabrikationshalle verfügte über zwei
Etagen, wobei die obere Etage nur ein Viertel des gesamten Ausmaßes einnahm und durch eine steile,
sehr instabil erscheinende Metalltreppe erreichbar
war. Sicher war es einmal eine Art Büro des Schicht-
leiters gewesen.
Es war aber der untere Bereich und das Arrange-
ment, das Kate ungläubig erstarren ließ.
Vielleicht hundert Kerzen unterschiedlicher Größe
brannten verteilt im gesamten Raum, was eine geradezu gespenstische Atmosphäre hervorrief.
Auf einem Metallstuhl saß, mit einer Hand an einen
wackligen Tisch gefesselt, Pfarrer Bromsig und
schaute mit aufgerissenen Augen erst Bogdan und
dann Kate an. Vor ihm saß, in sehr instabiler Hal-
tung, in einem Sessel Kristine.
Sie trug ein in Brautkleid aus feinster Plauener Spitze,
dass wie angegossen ihren schlanken Körper um-
hüllte inklusive langem Brautschleier, ein Bukett aus
roten Rosen im Schoß liegend.
Bogdan hatte sich nicht aufhalten lassen und war auf
seine Verlobte zugestürmt, die diesen Tumult um
sich herum überhaupt nicht zu registrieren schien.
Er hob sanft ihren Kopf, der auf ihre Brust gesunken
war und murmelte immer wieder ihren Namen.
„Lassen sie sie los, Serwowitsch."
Kate sah auf den Mann, der, in einen Maßanzug, sie
tippte auf Hugo Boss, gekleidet aus einer dunklen
Ecke trat, ebenfalls eine Pistole in der Hand, die er

jetzt auf Bogdan gerichtet hatte.

„Das ist jetzt wie in *Zwölf Uhr mittags*", dachte Kate und musste sich zügeln, nicht hysterisch aufzulachen, so surreal war die ganze Situation, in die sie hier hineingeraten waren.

„Herr Kleider", sagte sie leise und der Angesprochene schien sie erst jetzt wahrzunehmen.

„Frau Schulz, sie hätten sich heraushalten sollen. Es tut mir leid um sie", sagte er und nickte Pfarrer Bromsig zu. „Sie sollten jetzt beginnen."

„Ich sage es ihnen nochmals, Herr Kleider, ich kann und ich werde sie nicht trauen. Nicht, wenn Frau Domatsch nicht ausdrücklich ihr Einverständnis zu dieser Ehe geben kann."

Kate bewunderte den alten Herrn, der angesichts der Waffe, die jetzt auf ihn gerichtet war, unbeeindruckt davon seine Meinung ruhig kundtat.

Bernhardt Kleider lächelte und man sah es deutlich, es war der Gesichtsausdruck eines zutiefst psychisch gestörten Menschen. Nichts war mehr übrig von dem netten homosexuellen Strahlemann, den er so perfekt gespielt hatte.

„Du hättest auf Chris und Felix hören sollen", dachte Kate. Valentina Petrowna hatte ihn zweifelsfrei auf dem Foto wiedererkannt, als den Mann, der mehrmals vor dem Haus gestanden hatte, mal im Auto, mal ohne und auch zweimal, als Kristine ihre Mutter im Rollstuhl spazieren fuhr.

Steven hatte schnell herausgefunden, dass Kleider neben seiner Eigentumswohnung noch das

Grundstück besaß, auf dem das alte Produktionsgebäude der Schlosserei seines Vaters stand.

Was Steven allerdings nicht wusste, dass Bogdan,
ohne zu zögern, hier hergefahren und in das Gebäude gestürmt war.

„Oh, sie werden ihre Meinung schon noch ändern",
hörte sie Kleider zu Pfarrer Bromsig sagen.

Dann richtete er plötzlich seine Waffe auf Kate. „Entweder sie vollziehen jetzt die Trauung oder sie
stirbt."

Der Pfarrer versuchte sich etwas von dem Stuhl zu
erheben, um die Aufmerksamkeit von Kleider wieder
auf sich zu lenken, aber dieser ging auf Kate zu.

Diese hatte noch immer ihre Hände in den Tiefen ihres leicht wattierten Kurzmantels vergraben.

Der Schuss, der sich durch ihre Manteltasche bohrte,
traf Kleider in den Oberschenkel und riss ihn förmlich von den Füßen.

Kate sprang vor und trat ihm die Pistole aus der
Hand, die er noch immer fest umklammert hielt und
wandte sich zu Bogdan um, der mit seiner Pistole auf
Kleiders Kopf zielte. Während sich unter diesem eine
immer größere Blutlache bildete, war Serwowitsch
wie paralysiert und Kate nahm auch ihm langsam die
Waffe aus der Hand. Sicher war sicher.

„Es ist gut, Bogdan, es ist vorbei", sagte sie leise.

Dann wandte sie sich an den Verletzten, als plötzlich
erst ein Klicken zu vernehmen war und dann schoss
aus einer Öffnung an der Wand ein Strahl Wasser.

Kate versuchte, Kleider auf die Beine zu bringen,

aber dieser starrte sie nur an.

„Sie haben eine arterielle Blutung, wir müssen hier raus", schrie sie ihn an, während bereits ihre Füße im Wasser standen und sich das Wasser mit Kleiders Blut zu vermischen begann.

„Hier geht niemand mehr heraus, weder sie noch ich. Ich musste damit rechnen, dass wir gestört werden. Also habe ich Vorsorge getroffen", sagte dieser leise und lachte etwas. Schließlich ließ er sich zurück auf den Boden fallen und schloss die Augen. Er verlor zunehmend mehr Blut.

„Bogdan, deinen Mantel, irgendetwas. Ich muss die Blutung stillen", sagte Kate, während sich der Angesprochene um Kristine kümmerte.

„Von mir aus kann der verbluten", stieß dieser zwischen den Zähnen hervor.

„Bogdan", ermahnte Pfarrer Bromsig ihn und dieser holte tief Luft, zog aber dann wortlos seinen Mantel aus. Kate nahm ihn und presste den Stoff fest auf Kleiders Oberschenkel, ohne dass dieser sich bewegte. Die Blutung ging ungebrochen heftig weiter und auch Kates fester Druck brachte nichts. Das Kleidungsstück war in kürzester Zeit dunkel getränkt.

„Das gibt es doch nicht", murmelte sie und drehte sich um. „Mach die Tür auf, wir müssen hier raus", fuhr sie Bogdan Serwowitsch an, der sich wieder um Kristine bemühte, die nach wie vor völlig apathisch war.

Das Wasser stieg unvermittelt weiter und Kate zerrte an Kleiders Oberkörper, damit dieser nicht mit dem

Kopf absank. Schließlich reagierte Bogdan und lief zu der Stahltür. „Sie lässt sich nicht öffnen", sagte er und Kate ließ Kleiders Oberkörper los.

„Was?", fragte sie, zerrte aber dann den Verletzten wieder nach oben.

„Es geht nicht", stellte Serwowitsch fest und trat neben Kate. „Wie geht die Tür auf?", schrie er Kleider an, aber der reagierte nicht.

Wütend schlug Bogdan ihn ins Gesicht. „Wie geht diese verdammte Tür auf?", brüllte er und schlug noch einmal zu, ohne auf den Protest von Kate oder Pfarrer Bromsig zu achten. Als auch darauf keine Reaktion kam, packte Bogdan den Verletzten am Kragen der Anzugjacke und drückte seinen Kopf unter Wasser.

„Hör auf", sagte Kate, aber Serwowitsch war wie in einem Tunnel. Schließlich zog er Kleider wieder nach oben. „Machst du jetzt den Mund auf?", fragte er mit zusammengebissenen Zähnen und schüttelte ihn wie eine nasse Ratte.

„Hör auf", sagte Kate noch einmal und umklammerte Bogdans Handgelenk. „Er ist tot", sagte sie und nahm die Hände von dem Mantel, den sie noch immer auf die Oberschenkelwunde gedrückt hatte, allerdings erfolglos.

Dann sprang sie auf. Sie rannte zu Pfarrer Bromsig und sah sich die Handfessel an, die ihn am Tisch festhielt. Glücklicherweise war es nur ein simpler Kabelbinder.

„Wir brauchen ein Messer oder so etwas", sagte sie.

Bogdan hatte Kleider ins Wasser zurückfallen lassen und nahm aus der Innentasche seines Anzuges ein Springmesser. Kate zog nur kurz eine Augenbraue nach oben, dann nahm sie es und schnitt den Kabelbinder durch. Sie lief zu Kristine, die immer noch betäubt in diesem Sessel saß, aber zumindest kreislaufstabil zu sein schien.

„Drogen und oder Betäubungsmittel", sagte Bogdan und sie nickte.

Dann sah sie zu dem Rohr, das unverändert Wasser in den Raum schießen ließ.

Inzwischen stand es bei ihr wadenhoch. Kate sah zu Bogdan, der sein Smartphone wieder ans Ohr hielt und schließlich resigniert den Kopf schüttelte.

„Nichts", sagte er und auch Kate hatte keinen Erfolg. Entweder gab es hier drin kein Netz oder, was wahrscheinlicher war, Kleider hatte es so manipuliert. Sie saßen in der Falle.

Dann fiel ihr Blick auf die schmale Metalltreppe.

„Denkst du, du bekommst Kristine da rauf?", fragte sie Bogdan, der sofort nickte. „Gut, dann kümmere ich mich um Pfarrer Bromsig", sagte sie leise und Bogdan zog Kristine vorsichtig etwas hoch, um sie dann auf seine Arme zu nehmen.

„Mach langsam", sagte Kate zu ihm und wandte sich zu dem alten Herrn um. Dieser hatte sich mühsam erhoben und kniete neben dem toten Bernhardt Kleider. Seine Lippen bewegten sich im leisen Gebet, während das Wasser unaufhörlich stieg und bereits seinen Oberkörper erreichte.

„Herr Pfarrer, ich störe ungern, aber wir müssen da hoch", sagte Kate schließlich und der alte Mann hob seinen Blick. Dann schlug er ein Kreuzzeichen über den Toten.

„Katherina", sagte er leise. „Das schaffe ich nicht. Bitte, bringen sie sich in Sicherheit."

Kate streckte ihm die Hand hin. „Nein, Herr Pfarrer, wir gehen jetzt beide da hoch oder ich bleibe hier bei ihnen."

Auffordernd sah sie ihn an und er schüttelte den Kopf. „Halsstarrig wie immer", murmelte er, ließ sich aber von Kate auf die Beine helfen.

Sie führte ihn zu der Treppe. Bogdan hatte inzwischen Kristine vorsichtig oben gegen eine Wand gelehnt und trat wieder an die Stufen.

„So und jetzt immer einen Schritt nach dem anderen, Herr Pfarrer, ich bin hinter ihnen", kommandierte Kate und schob den alten Herrn vor sich her.

Dieser zog sich an dem Metallgeländer hoch, das merklich schwankte und knirschte.

Schließlich brach es nach der Seite weg und es war nur Kates schneller Reaktion zu verdanken, dass der Pfarrer nicht mit nach unten stürzte. Sie hatte ihn nach vorn geschoben, was er mit einem schmerzhaften Aufstöhnen quittierte. Scheinbar hatte er sich an der scharfen Kante einer Metallstufe verletzt.

Aber darauf konnte Kate jetzt keine Rücksicht nehmen. „Bogdan, komm uns von oben entgegen und zieh ihn", rief sie diesem zu.

Bogdan Serwowitsch ergriff die Hände des alten

Mannes, während Kate von hinten schob.

„Und die nächste Stufe" kommandierte sie stoisch und ließ keinen Zweifel daran, dass sie ihn auch notfalls nach oben schleifen würde.

Endlich hatten sie es geschafft und der Pfarrer lehnte neben Kristine an der Wand und atmete schwer.

Auch Kate und Bogdan waren außer Atem, dann sahen sie nach unten, wo das Wasser bereits ein Viertel der Treppe umspülte.

„Wie kann es abgestellt werden?", fragte Bogdan und inspizierte die Wände. Kate deutete nach unten.

„Hast du das Zischen vorhin gehört? Kleider hat mit einer Fernbedienung oder was weiß ich das Tor verschlossen und das Wasser in Gang gesetzt. Das war sein Worst-Case-Szenario und scheinbar hat es funktioniert."

Langsam zog sie ihren Mantel aus. „Ich hätte besser zielen müssen. Ich wollte ihn nur mit dem Schuss außer Gefecht setzen. Das er verblutet, weil ich eine Arterie getroffen habe, das habe ich nicht gewollt."

Sie spürte eine Hand auf ihrem Arm und drehte sich um. Es war Pfarrer Bromsig.

„Sie wollten ihn nicht töten, Katherina", sagte er und sie holte tief Luft.

„Nein, aber ich hätte es getan, wenn es sein müsste."

Der alte Mann nickte langsam. „Sie sind ehrlich, Katherina, aber diesmal…"

„Trotzdem, dass er so schnell verblutet ist, das ist schon seltsam", meinte Bogdan und runzelte die Stirn, als er sah, wie Kate aus ihren Schuhen und der

Jeans schlüpfte.

Schulterzuckend sah sie zu Pfarrer Bromsig. „Entschuldigung, aber ich brauche dann halbwegs trockene Sachen", sagte sie.

„Dann?", fragte Bogdan und sie nickte.

„Ja, ich tauche runter zu Kleider und sehe nach, ob er irgendetwas bei sich trägt, was uns helfen könnte."

Bogdan seinerseits wollte sich der Anzugjacke entledigen, als Kate ihn aufhielt. „Was soll das denn?"

„Wenn einer da runter tauchen sollte, dann wohl ich", sagte er bestimmt und Kate stemmte die Hände in die Hüften, was in Slip und Unterhemd etwas seltsam aussah.

„Was wird das jetzt, so ein Männerding? Ich habe reichlich Taucherfahrung, du auch?"

Bogdan schien nicht gewillt klein beizugeben.

„Das ist wohl kaum ein Tiefseetauchgang, also ja."

„Ich will mich ja nicht einmischen", sagte da der Pfarrer. „Aber ich glaube, uns läuft die Zeit davon."

Er hatte nicht unrecht, immerhin hatte das Wasser inzwischen die Hälfte der Stufen erreicht.

„Gut", gab Bogdan mit einem Nicken zu Pfarrer Bromsig hin nach. „Kate geht runter und wenn etwas sein sollte, komme ich nach."

Kate holte Luft und ging langsam die Treppen hinunter und tauchte ins Wasser ein, dann stieß sie sich ab. Das Wasser wurde immer kälter hatte sie den Eindruck, aber das war jetzt egal.

Sie kam bis zu Kleider, der sich in dem nach unten gekippten Geländer verfangen hatte und tastete erst

seine Taschen, dann die gesamte Anzugjacke ab.
Nichts. Schließlich zog sie ihm die Schuhe aus und
entdeckte ein kleines, rundes, chipähnliches Etwas in
der Spitze des rechten Schuhes. Sie nahm es und
tauchte wieder nach oben.

Prustend trat sie auf die Stufe und kletterte den Rest
bis zum Podest, wo Bogdan ihr seine Anzugjacke um
die Schultern legte.

Sie legte den Chip in seine Hand. „Das war es wahrscheinlich, aber ob es in der Nässe noch funktioniert?"

Unter Bogdans Anzugjacke zog sie ihren Slip aus und
schlüpfte in die Jeans. Für falsche Scham war jetzt
kein Platz.

„Nichts", sagte Bogdan schließlich resigniert. „Er reagiert nicht." Wieder und wieder rieb er es an seiner
trockenen Kleidung, ohne Erfolg.

Kate strich sich über die nassen Haare und unter-
drückte das Zittern. Sie sah nach unten und stellte
fest, dass es keine Viertelstunde mehr dauern dürfte,
dann hatte das Wasser sie erreicht.

„Und nun?", fragte sie.

Es gab keinen Ausweg, auch kein Fenster, von dem
man hoffen könnte, die Kraft des Wassers würde es
bersten lassen. Sie saßen in diesem Betonklotz mit einer dichten Stahltür und zugemauerten Fenstern fest.

„Wir ersaufen wie die Ratten", murmelte Bogdan
und sah Kate an. „Es war meine Schuld. Ich bin völlig
blind hier hereingestürmt und durch mich wirst
du…"

„Hör auf", fauchte Kate ihn an. „Überleg lieber, was wir noch tun könnten."

„Beten", sagte Pfarrer Bromsig mit fester Stimme.

Kate wandte sich zu ihm um und er lächelte sie an.

Ja, sie waren bereits einmal in einer ähnlichen Situation gewesen, Bogdan, Pfarrer Bromsig und sie.

Gut, vielleicht nicht ganz so lebensbedrohlich, aber auch damals war es ziemlich kritisch.

Sie holte tief Luft. „Gut. Bitte beten sie, Herr Pfarrer und wir", sie sah zu Bogdan. „Wir strengen unseren Kopf inzwischen an. Was können wir tun?"

Hinter ihnen murmelte Kristine leise etwas, ohne aus ihrem künstlichen Schlafzustand zu erwachen.

Bogdan sah zu ihr hin, dann straffte er seine Schultern. „Gut."

In diesem Moment war ein lautes Knirschen zu hören und als erstes verschwand die Treppe vor ihnen im Wasser und wurde abgetrieben.

„Also, nach unten können wir nicht mehr", meinte Kate lakonisch und starrte in das Wasser, das die Platte fast erreicht hatte.

„Und nach oben auch nicht", sagte Bogdan und sah zur Decke, an der lediglich einige Leitungen und dünnere Rohre entlangführten. Kate deutete auf die Rohre. „Wie viel werden die wohl aushalten? Wenn du mich hochheben würdest, dann…"

Sie wurde von einem heftigen Ruck unterbrochen und die Platte, die einmal den oberen Etagenteil gebildet hatte, neigte sich plötzlich nach unten.

Kate sprintete auf Pfarrer Bromsig zu, während

Bogdan versuchte, Kristine zu halten, aber alle vier wurden direkt ins Wasser katapultiert und der größte Teil der Betonplatte mit ihnen.

Kate spürte einen heftigen Schmerz am Rücken, ignorierte ihn aber und tauchte nach Pfarrer Bromsig, der wie ein Stein zu sinken begann.

Sie erreichte ihn, packte ihn und zerrte ihn an die Wasseroberfläche. „Augen auf, Luft holen", schrie sie ihn an und dieser kam ihrer Aufforderung schließlich hustend und keuchend nach.

„Gott sei Dank", murmelte sie und drängte ihn in Richtung der Abbruchkante. Immerhin waren noch neben den Stahlträgern einige Teile der Betonplatte in diesen noch vorhanden.

„Halten sie sich fest", sagte Kate und sah sich nach Bogdan und Kristine um.

Auch dieser hatte mit seiner Verlobten einen der Betonplattenreste im Stahlträger erreicht.

Scheinbar hatte das kalte Wasser dazu geführt, Kristine aus ihrer Bewusstseinstrübung so weit zu erwecken, dass sie die Augen offen hatte und Bogdans leisen Anweisungen, sich festzuhalten, mit einem Nicken nachkam.

Kate hörte Pfarrer Bromsig heftig atmen. „Katherina, ich kann nicht mehr", murmelte er, aber diese presste sich noch fester gegen ihn.

„Halten sie durch", sagte sie laut.

Er versuchte, den Kopf zu ihr zu drehen, was ihm nur ein paar Zentimeter gelang. „Warum? Katherina, ohne mich halten zu müssen, haben sie vielleicht eine

Chance…"

„Halten sie sich fest", wiederholte diese, ohne auf seine Worte zu achten.

Plötzlich sah sie, wie der Pfarrer den Kopf in die andere Richtung wandte.

„Das Wasser", sagte er leise. „Hören sie doch."

Dann ließ er unvermittelt los und rutschte zwischen Kates Armen durch nach unten.

„Verflixt", stöhnte sie und stieß sich ab, um nach ihm zu tauchen, als er unvermittelt wieder an die Oberfläche kam. Er prustete und hustete und Kate schob ihn wieder in Richtung des Betonplattenrestes.

„Das Wasser, es ist abgestellt", sagte er mit fast unverständlicher Stimme.

Kate, die erst glaubte, er sei verwirrt, drehte ebenfalls den Kopf. Es stimmte, der Wasserpegel stieg nicht mehr und auch das Geräusch des einschießenden Wassers war verschwunden.

Kate legte den Kopf an den Stahlträger und atmete zweimal tief ein, was ihr allerdings furchtbare Schmerzen bereitete. Sie stöhnte leise auf.

Dann spürte sie Pfarrer Bromsigs Hand auf ihrer Schulter. „Da sage noch jemand, dass Gebete nichts bewirken", sagte er leise und Kate nickte.

„Noch sind wir nicht raus", erwiderte sie, als plötzlich wieder ein Geräusch sie zusammenfahren ließ.

„Es geht weiter", sagte sie erschöpft, aber es war Bogdan, der plötzlich auflachte.

„Nur, dass diesmal kein Wasser hereinkommt, sondern abgepumpt wird."

Kapitel 12

Langsam setzte Kate die Füße auf den kühlen Fußboden und erschauderte unwillkürlich. Die Kälte wollte ihr nicht aus dem Körper weichen. Und dann diese furchtbare Schwäche. Sie stützte sich ab und kam langsam in die Senkrechte. Gut, das war geschafft. Hochkonzentriert setzte sie einen Fuß vor den anderen. Ihr Kreislauf schien verrückt zu spielen und sie hatte Probleme beim Luft holen.

„Ins Bett, sofort."

Sie sah auf und Mike stand in der Tür, mit einer Miene, die sie an den grimmigen Blick des Erzengel Michael in einer Illustration ihrer Kinderbibel erinnerte. Warum ihr jetzt gerade dieser Gedanke kam, wusste sie nicht.

Sie kicherte leise, was ihr allerdings so weh tat, dass sie unwillkürlich aufstöhnte.

„Nein, ich finde das auch nicht witzig und jetzt ins Bett."

Sie winkte nur ab und trat den Rückzug an.

So hatte Mike noch nie mit ihr gesprochen. Langsam kroch sie zurück unter ihre Decke und zog sie bis zum Kinn hoch. Jetzt erst merkte sie, wie sie zitterte.

„Wie geht es den anderen?", fragte sie leise, ohne ihn anzusehen.

„Pfarrer Bromsig und Kristine liegen noch auf der Intensivstation, sind aber außer Lebensgefahr. Bogdan liegt zwei Zimmer weiter und malträtiert bereits schon wieder seine gesamte Umgebung."

Es war Omar, der ihr antwortete. Er hatte nach Mike den Raum betreten und legte diesem jetzt die Hand auf die Schulter.

„Sei nicht so streng mit ihr. Ohne sie hätte der Pfarrer wohl kaum überlebt und sie hat mehr abbekommen, als es zunächst aussah."

Als Mike ihn ansah, zuckte der Rechtsmediziner die Schultern. „Ich habe eben die Befunde gelesen. Doppelte Rippenfraktur, leichte Gehirnerschütterung, massive Unterkühlung."

Er sah auf Kate hinab. „Das war wirklich knapp."

Sie drehte leicht die Augen nach oben. „Hatte ich eine andere Wahl?"

„Nicht solche Alleingänge unternehmen?", stieß Mike zwischen den Zähnen hervor und Kate merkte, wie massiv verärgert er war. Sie hatte ihm wahrscheinlich einen höllischen Schreck eingejagt. Er stützte sich am Bettholm ab und sah sie eindringlich an. „Wann wirst du das endlich verstehen, dass ich…" Er holte Luft und winkte schließlich ab. „Es hat keinen Zweck dir Vorhaltungen zu machen", murmelte er resigniert.

Kate nahm die Fernbedienung und stellte ihr Kopfteil nach oben. Sie hatte es satt, dass die beiden Männer so auf sie hinabsahen.

„Jetzt hört mir mal beide zu. Ja, es war dumm, dort so hineinzustürmen, aber…"

„Aber es war meine Idee und damit mein Fehler", kam es plötzlich von der Tür und Bogdan Serwowitsch stand, in einen eleganten Morgenmantel gekleidet, in der Türfüllung.

Dann trat er ein und schloss die Tür hinter sich.

„Ist das jetzt hier euer neuer Beratungsraum?",
knurrte Kate, aber sie zwinkerte Bogdan zu, froh, ihn
so eloquent wie immer zu sehen.

Dieser trat näher, strich Kate kurz über die Hand und
sah dann Mike an. „Kate wollte nicht mit da hinein,
sie wollte euch anrufen und um Verstärkung bitten.
Aber ich bin blindlings losgerannt und sie ist mir gefolgt. Es war einzig und allein meine Schuld. Ich
hatte solche Angst um Kristine." Er senkte den Kopf.

Mike nickte langsam. „Ich verstehe dich. In solch einer Situation setzt manchmal der gesunde Menschen-
verstand aus."

Dann schwenkte sein Blick zu Kate.

„Aber einen Notruf hättest du wenigstens noch ab-
setzen können", sagte er, scheinbar noch nicht ganz
bereit, ihren Part bei dieser ganzen Aktion völlig zu
entschuldigen.

Als diese, ohne zu zögern, nickte, bestätigte ihn das
in seiner Sorge, dass es ihr wohl doch schlechter ging,
als es den Anschein gehabt hatte. Er trat an ihr Kopfteil und küsste sie sanft auf die Wange.

„Na Gott sei Dank haben wenigstens Steven und
Matt noch rechtzeitig reagiert. Ich darf mir das Sze-
nario gar nicht ausmalen."

Dann sah er Omar und Bogdan an. „Ich denke, wir
lassen Kate jetzt noch etwas in Ruhe."

Als die beiden Männer unisono nickten und den
Raum verließen, streckte Kate die Hand nach Mike

aus.

„Entschuldige", murmelte sie und er ergriff ihre Hand.

„Mach das bitte nie wieder", sagte er leise und zog sich einen Stuhl heran, ohne dabei ihre Hand loszulassen. Mit der anderen Hand stellte er das Kopfteil ihres Bettes wieder etwas nach unten und es dauerte keine fünf Minuten, dann war Kate eingeschlafen.

Zwei Tage später ging es allen Beteiligten so weit besser, dass sie sich in einem kleinen Besprechungsraum der Klinik einfinden konnten, um Mike und Marianne endlich ein paar Fragen beantworten zu können. Auch Omar war dabei, der die Autopsie von Bernhardt Kleider beendet und alle relevanten Befunde vorliegen hatte. Deswegen begann auch er als erstes.

„Also", sagte er und sah zu Kate. „Er ist definitiv nicht an deinem Schuss gestorben, der übrigens nicht, wie du vermutet hast, die Oberschenkelarterie verletzt hat."

„Aber warum hat er dann so stark geblutet, dass die Blutung nicht gestillt werden konnte?", fragte sie dazwischen.

„Bernhardt Kleider litt am Rosenthal-Syndrom", fuhr Omar fort und sah in ratlose Gesichter um sich her.

„Habe ich noch nie gehört", sagte schließlich Mike und der Rechtsmediziner lächelte.

„Glaube ich dir. Das Rosenthal-Syndrom oder wie sie heute bezeichnet wird, Faktor XI-Mangel, ist eine seltene Form der Hämophilie. Kurzum, Kleider war Bluter."

„Hat er Medikamente erhalten?", fragte Marianne nach, aber Omar schüttelte den Kopf.

„Nein, das war nicht nötig, es sei denn, er hätte jetzt vor einer OP oder einer Zahnextraktion gestanden, da hätte man ihm im Vorfeld zum Beispiel ein Antifibrinolytika gegeben. Aber ein Schuss mit einer ziemlich großen Muskel - und Gefäßverletzung, dass hätte

149

ein umgehendes medizinisches Eingreifen notwendig gemacht."

„Er hatte sich selbst die Möglichkeit dazu genommen", warf Pfarrer Bromsig ein, der, in einen Bademantel gehüllt, in einem klinikeigenen Rollstuhl saß, aber sonst einen wachen und stabilen Eindruck machte.

Kate nickte. Die Erleichterung war ihr anzusehen. Auch wenn Kleider entschlossen gewesen war, sie alle notfalls zu töten, wenn sein Plan nicht aufging, wollte sie doch nicht für seinen unmittelbaren Tod verantwortlich sein. Sie hatte ihn außer Gefecht setzen, aber nicht töten wollen.

Kristine Domatsch, die schon wieder die Alte zu sein schien, lächelte zu Kate hin.

„Wie bist du nur auf seine Spur gekommen?", fragte sie und Kate warf einen kurzen Blick auf Mike. Der nickte.

„Zunächst war es die Tatsache, die auch Mike stutzig machte. Kleider war der einzige Zeuge, der diese mysteriöse und wie wir heute wissen, nie existierende Frau gesehen hat, die er so wunderbar detailliert beschreiben konnte. Auch auf die Veröffentlichung des Phantombildes meldete sich niemand mit einem konkreten Hinweis, das war schon seltsam."

„Aber warum hat er das überhaupt gemacht?", fragte Kristine kopfschüttelnd.

Kate zuckte die Schultern. „Einmal, um von sich abzulenken, obwohl ihn vorher wirklich niemand auf dem Schirm hatte, zum anderen, und das tun erstaunlich viele Täter, um sich in die Ermittlungen einzubringen und damit auszuloten, was die Polizei weiß. Das war es auch, was mich stutzig gemacht hat."

Sie nahm kurz einen Schluck von dem bereitstehenden Mineralwasser.

„Und dann, warum wollte Kleider alle Welt glauben lassen, er sei schwul? Chris und sein Freund Felix machten mir klar, dass er es nicht sei und es war mein Fehler, dass ich ihnen erst nicht glauben wollte. Er war so überzeugend in seiner Rolle."

Kate sah aus dem Augenwinkel, wie Kristine blass wurde.

„Mein Gott. Ich habe das auch geglaubt, ich wäre nie auf die Idee gekommen, dass er…"

„Von ihnen besessen war? Das war er definitiv. Das haben wir in seiner Wohnung gefunden."

Mike zeigte ihr einige Aufnahmen auf seinem Tablet und sie stöhnte leise auf.

Es waren an die hundert Bilder, die seine Wände zierten, auf jedem einzelnen Bild war Kristine abgebildet. Es waren zum Teil offizielle Bilder aus ihrer Modelkarriere oder als Besitzerin ihrer Modelinie *KrisTin*, aber auch von ihm selbst aufgenommene Schnappschüsse, Kristine beim Einkaufen, auf Gassirunde mit Kruste, beim Ausflug mit ihrer Mutter im Rollstuhl. Daneben noch eine Menge an Zeitungsartikel, die sich mit Kristine beschäftigten.

„Auffallend ist, dass keine Bilder von Kristine und

Bogdan dabei sind", bemerkte Kate, die über Kristines Schulter hinweg die Bilder mit angesehen hatte.
Mike nickte. „Entweder weil er eifersüchtig war oder nur vorsichtig. Schließlich musste er immer befürchten, Bogdans Bodyguard wäre in der Nähe und würde ihn bemerken. Aber letztendlich hatte er nicht damit gerechnet, dass ausgerechnet die Pflegerin ihrer Mutter ihn bemerkt hatte und das nicht nur einmal. Damals hatte sie keinen Zusammenhang hergestellt, erst als sie ihn auf dem Bild sah, das Kate ihr zeigte.""
„Das ist unfassbar", sagte Omar kopfschüttelnd.
Mike hüstelte etwas und rief damit die Runde zur Ordnung. „Frau Domatsch…"
Diese lächelte zu ihm hin. „Bitte, Kristine", sagte sie und Mike nickte. „Kristine, wie haben sie Bernhardt Kleider kennengelernt und wie gelang es ihm überhaupt sie zu entführen?"
Diese holte tief Luft. „Über das Modehaus in dem er arbeitet. Sie vertreiben Mode aus meiner neuen Kollektion und eines Tages suchte er mit mir das Gespräch. Er wollte sich verändern und wieder als Grafikdesigner arbeiten und dachte, ich könnte ihn vielleicht in meiner Firma brauchen, aber da war nichts frei. Ich sagte ihm aber, wenn, dann würde ich auf ihn zukommen, ich wusste ja wo er arbeitet. Es war eine ganz lose Bekanntschaft."
Sie machte eine Pause.
„Brauchst du ein Glas Wasser?", fragte Kate und griff zu den Flaschen, aber Kristine schüttelte den Kopf.

„Nein. Ich ärgere mich nur, dass ich so leichtgläubig, richtig treudoof war."

Pfarrer Bromsig griff über den Tisch und legte seine Hand auf die von Kristine. „Das sollten sie nicht tun, meine Liebe. Verlieren sie nicht den Glauben daran, dass es Menschen gibt, die unsere Hilfe brauchen und uns dankbar dafür sind."

Kristine Domatsch nickte und lächelte dem Pfarrer zu. Dann setzte sie sich aufrecht hin.

„Bei mir hatte es an diesem besagten Tag früh geklingelt, ich war gerade aufgestanden und hatte mir eine Tasse Kaffee durchgelassen, die stand noch auf dem Küchentisch. Bernhardt Kleider stand bei mir vor der Tür und hielt sich den Bauch. Er sagte, vor der Haustür sei ihm plötzlich übel geworden, alles habe sich um ihn gedreht, er konnte keinen Schritt mehr laufen, also habe er im Haus geklingelt, aber niemand habe geöffnet. Plötzlich sei nur der Summer ertönt und er ist ins Haus gelangt, als er an der Briefkastenanlage meinen Namen las. Also habe er sich nach oben geschleppt. Ich habe ihn hereingebeten, obwohl ich im Schlafanzug war. Wir sind gemeinsam in die Küche und er bat mich um ein Glas Wasser. Das gab ich ihm und er setzte sich an den Küchentisch. Er sagte, es werde schon besser und ihm sei das so peinlich. Währenddessen trank ich meinen Kaffee und dann wurde mir schwummrig."

Sie zuckte leicht die Schultern.

„Da begann ich zu registrieren, dass etwas nicht stimmte. Ich lief ins Wohnzimmer, dort lag mein

Smartphone, aber es war, als würde ich durch ein Moor laufen, das mich immer mehr nach unten zog. Kleider musste mir gefolgt sein und als ich auf den Tisch greifen wollte, drückte er mich in den Sessel. Ich habe mich gewehrt, aber umsonst. Und dann ging das Licht aus."

Sie griff sich an den Kopf.

„Ich habe das alles nur als verzerrte Bilder in meinem Kopf, das erste wirklich reale Bild ist, als ich mit Bogdan im eisigen Wasser um mein Leben kämpfte und er mich hochhob."

Mike nickte und sah zu Kate. „Du hattest recht. Die drei Frauen waren seine Versuchskaninchen, dann hat er Kristine, während sie ihm das Wasser brachte, die K.o.-Tropfen in den Kaffee getan."

„Trotzdem war es ein Risiko, was, wenn dort kein Kaffee gestanden hätte?", warf Omar ein, aber Kate winkte ab. „Er hatte Plan B, glaub mir."

Dann wandte sie sich an Kristine. „Er hätte dich so oder so erwischt, du musst nicht glauben, dass du zu naiv warst. Solche Menschen geben nicht auf."

Kristine nickte. „Das Schlimme war, das Bogdan die Schuld bei sich suchte", sagte sie leise.

Dann lächelte sie etwas. „Ich bin froh, dass Kruste nichts passiert ist. Er wurde zwar auch leicht betäubt, aber meine Hundetrainerin sagte mir am Telefon, es war zu keiner Zeit bedenklich."

Kate lachte. „Dem Kampfknuddelhund geht es gut, das ist prima. Das hatte mir deine Hundetrainerin auch gesagt. Die Kinder deiner Nachbarin waren schon in großer Sorge um ihn."

Das Thema Kruste sorgte für eine gewisse Entspannung im Raum.

Dann wandte sich Mike an Pfarrer Bromsig. „Und wie hat Kleider sie in diese Halle gelockt?"

Der Pfarrer hob beide Hände. „Mich hat er nicht gelockt und nicht betäubt. Er hat mir klipp und klar gesagt, entweder ich komme freiwillig mit ihm oder er würde Bogdans Verlobte töten. Da ich die Hintergründe nicht kannte, musste ich annehmen, dass er das wirklich tun würde. Also bin ich mit ihm mitgefahren."

„Das war sehr mutig von ihnen, Herr Pfarrer", sagte Kristine Domatsch leise, aber dieser schüttelte langsam den Kopf.

„In meinem Alter eher nicht mehr, meine Liebe. Aber als er dann von mir verlangte, ihn und sie zu verheiraten, das ging dann wohl doch zu weit."

„Man hätte diese Ehe auf alle Fälle annullieren können", warf Kate ein, aber Pfarrer Bromsig schüttelte energisch den Kopf. „Ich merkte sofort, dass er Kristine nichts antuen würde und ich lasse das heilige Sakrament der Ehe nicht in den Schmutz ziehen. Nein."

Er schien seinen Kampfgeist nicht verloren zu haben und das stimmte Kate froh.

„Allerdings", fuhr er mit einem feinen Lächeln fort.

„Die Trauung mit Bogdan und ihnen, meine liebe Kristine, werde ich sehr gern vollziehen und das mit bestem Gewissen."

155

Kristine Domatsch lächelte ihm gerührt zu und eine Weile war Stille in dem kleinen Raum.

Kate räusperte sich. „Weißt du, dass wir eine Weile deine Stellvertreterin in Verdacht hatten?", sagte sie an Kristine gewandt, die erstaunt die Augen aufriss.

„Ireen? Warum in aller Welt sollte sie etwas damit zu tun haben?"

„Weißt du, dass sie beträchtliche Schulden hat und spielsüchtig ist?", fragte Kate und Kristine nickte zögerlich.

„Ich habe es nicht gewusst, aber geahnt und ehrlich? Ich wusste nicht, wie ich es zur Sprache bringen sollte, ohne sie zu verletzen. Jetzt könnte ich mich deswegen ohrfeigen." Sie holte tief Luft. „Aber jetzt werde ich mit ihr sprechen und ihr meine Hilfe anbieten und vor allen Dingen eine Therapie."

Kate nickte ihr zu.

Dann schwiegen sie wieder, bis Mike zu Marianne sah. „Damit ist ja jetzt alles geklärt", sagte er. „Weder Sergej Rownov noch Ireen Marco hatten etwas mit der Entführung zu tun, Kleider war ein Alleintäter und jetzt ist er tot und kann nicht mehr belangt werden."

Diese nickte. „Und damit sind auch die K.-o-Tropfen-Fälle geklärt."

„Hm," machte Mike. „Und unser verehrter Herr Staatsanwalt und nicht zuletzt der Oberbürgermeister werden wohl zufrieden sein." Er gähnte hinter vorgehaltener Hand.

Jetzt sah auch Kate, wie müde und abgespannt Mike

wirkte. Nicht nur, dass er die letzten Tage bis zur Erschöpfung an der Aufklärung der Fälle gearbeitet hatte, dazu waren dann noch die Sorgen um sie gekommen. Plötzlich fühlte sie sich wirklich schlecht deswegen.

Als schien er ihre Gedanken zu erraten, lächelte er sie an. „Im Übrigen habe ich Max versprochen, dass er dich exklusiv interviewen darf", sagte er.

Unwillkürlich stieß Kate einen leisen Pfiff aus.

„Oh", meinte sie nur.

„Ja, immerhin hat Max mich unterstützt und sich immer an alle Absprachen gehalten. Keine Veröffentlichungen zu Polizeiinterna ohne Rücksprache mit mir. Das war mehr als anständig von ihm und daher denke ich, dass ich ihm das jetzt schuldig bin."

Kapitel 13

Es war eine sehr kleine Hochzeit, mit nur wenigen
geladenen Gästen, nicht das, was Bogdan Serwowitsch geplant hatte. Aber letztlich interessierte es
ihn nicht. Das sie heute hier standen war mehr als ein
Wunder.

Pfarrer Bromsig, dem seltsamerweise die erlittenen
Strapazen nicht mehr anzusehen waren, hielt eine
kraftvolle Predigt. Als der Punkt der Einsegnung gekommen war und er mit Kristine niederkniete, spürte
er Kates Blick auf sich, seiner Trauzeugin.

Nach seiner Verlobten und in wenigen Minuten Ehefrau, war sie es, der seine ganze Zuneigung gehörte,
eine Tatsache, die niemand wusste und Kate am al-
lerwenigsten.

Er spürte, wie Pfarrer Bromsigs Blick auf ihm ruhte
und sah zu ihm auf. Er kannte Bogdans geheimste
Gedanken, aber diese waren geschützt durch das
Sakrament der Beichte. Serwowitsch lächelte etwas
und schüttelte unmerklich den Kopf.

Nein, der Pfarrer sollte sich keine Gedanken machen,
dass seine Gedanken heute nicht bei der Frau waren,
mit der er jetzt die Ehe eingehen wollte.

Kate sah von Bogdan zu Kristine, die ihr zunickte.
Neben ihr stand ihre beste Freundin Michelle, die seit
vielen Jahren eine Modelagentur in Paris betrieb und
erst in letzter Minute in die Kirche gekommen war,
da ihr Flug aus Singapur Verspätung hatte.

Kates Blick streifte die erste Reihe, wo neben ihrer

Pflegerin Kristines Mutter Elisabeth saß, im Rollstuhl; aber mit einem eleganten Hut und sehr wachen Augen.

Daneben, mit der Miene eines mürrischen Brautvaters, Hund Kruste mit dezenter Fliege am Halsband.

Mike und Oleg saßen direkt daneben, sicher, um im Notfall eingreifen zu können, falls Kruste sich entschließen sollte, einen der Anwesenden in einer Knuddelattacke zu Boden zu reißen.

Immerhin war es ihm und seinen stürmischen Gunstbeweisen zu verdanken, dass Bogdan und Kristine heute hier den Bund der Ehe schlossen.

Gleich daneben, eingekreist von Jasmin und Omar, Franz und Emma, die heute als Blumenstreukinder fast unnatürlich still und aufmerksam waren.

Kates Blick ging wieder zurück zu Mike, der ihr zulächelte. Es war ihre eigene Trauung, genau hier, an die sie sich jetzt erinnerten.

Nichts gegen sentimentale Erinnerungen, aber jetzt war es an der Zeit, ihrer Aufgabe als Trauzeugin gerecht zu werden.

Nachwort:

Ich weiß, dass einigen meiner Leserinnen und Lesern das persönliche Glück von Bogdan Serwowitsch, dem „Bordellkönig von Plauen", am Herzen liegt. Auch vor diesem Hintergrund ist dieser Fall entstanden.

Wie immer sind die von mir geschilderten Geschichten, Einrichtungen und Menschen s fiktiv. Allerdings sind die Straßen und Plätze und viele der erwähnten Gebäude in meiner Heimatstadt Plauen real.

Real ist zum Beispiel die Plauener Kaffeerösterei und ihr Besitzer Daniel, der so freundlich ist, mir zu gestatten, Teile meiner Geschichten in seinen Räumen anzusiedeln, das gleiche gilt für das Kaffeehaus Müller, indem Kate und Mike, gemeinsam mit Omar und Jasmin gerne brunchen gehen…

Es ist mein persönliches Lieblingscafé und der Besitzer Rico Wagner hat kein Problem damit, dass es in seinem schönen Kaffeehaus auch schon mal einen „Mord" gab! 😊

Die „Freie Plauener Stimme" gibt es als Zeitung natürlich auch nicht, aber die Figur des jungen Journalisten Maximilian Krause wird auch in den kommenden Teilen immer wieder eine kleinere oder größere Rolle spielen.

Und natürlich wird es auch ein Wiedersehen mit Bogdan Serwowitsch und Kristine Domatsch (Ja-auch nach der Hochzeit hat sie, ebenso wie Kate Schulz, ihren Namen behalten) geben, versprochen!

Zur Autorin:

Annette G. Krupka wurde in Plauen geboren.
Sie besuchte hier die Schule, lernte Krankenschwester, studierte später Pflegemanagement, erwarb einen Masterabschluss und ist als freiberufliche Unternehmensberaterin tätig.
Heute lebt sie in einer Thüringer Kleinstadt und hat ein Fachbuch zum Thema Pflege veröffentlicht.

„**Abgetaucht**" ist der zwanzigste Teil um die ehemalige FBI-Agentin Kate Schulz.
Bisher erschienen sind:
Lebensborn
Golem
Entführt
Methusalem
Filmriss
Virus
Engelsflug
Würgemale
Verlassen
Culpa
Phobie
Stollentod
Klassentreffen
Game
Nemesis
Rauhnacht
Marianne
Verschwunden
Weihnachtsmanntod
Weitere Folgen sind geplant.

Liebe Leser, danke, dass Sie Kate Schulz bis zum Ende des zwanzigsten Falles gefolgt sind.

Sind Sie neugierig, wie es weiter geht mit Kate Schulz???
Bald ist es so weit:

Kate Schulz 21 – „Hetzjagd"

Tom Werner wird mit einem Messer in der Brust schwerstverletzt vor der Plauener Stadtgalerie aufgefunden. Alle Bemühungen der Rettungskräfte sind umsonst, der junge Mann erliegt noch vor Ort seinen schweren Verletzungen.
Vorher hat er noch einen Namen genannt, Kemal.
Kurz darauf wird im Lutherplatz ein junger Migrant aufgegriffen, Kemal Abrim mit Blut an der Kleidung.
Der junge Mann schweigt beharrlich, obwohl die Indizien und auch eine Zeugin ihn schwer belasten.
Und als es in Plauen zu einer explosiven Stimmungslage kommt, wird auch die Freundschaft von Hauptkommissar Mike Köhler und Professor Omar Amri auf eine harte Probe gestellt.
Kate Schulz und ihr Team müssen schnellstens ermitteln, um Schlimmeres zu verhindern.

Leseprobe „Hetzjagd"

„Und was wirst du am Wochenende machen?",
fragte Polizeiobermeisterin Katy Feilitzsch ihren Part-
ner, der langsam neben ihr lief und dabei einige Pas-
santen geradezu abscannte. Der wandte ihr seinen
Kopf zu und grinste breit. „Ausschlafen, definitiv
ausschlafen. Mein Gott, das ist mein erstes freies Wochenende seit gefühlt Weihnachten."
Katy stieß einen prustenden Ton aus. „Was ist aus
unserer Jugend nur geworden? In deinem Alter bin
ich auf die Piste und danach gleich zum Dienst. Und
ihr seid nur am Jammern."
Polizeimeister Marcel Trommer sah auf seine gut einen halben Kopf kleinere Kollegin herab. „Ja, ja, die
guten alten Zeiten", sagte er und seine Stimme bebte
vom unterdrückten Lachen.
Seine Kollegin war gerade mal zehn Jahre älter als er,
spielte sich aber immer einmal auf, als könnte sie
seine Mutter sein. Gerade als er noch etwas Bissiges
sagen wollte, nahmen sie ein spitzen Schrei wahr und
dann rief jemand um Hilfe. Mit einem kurzen Blick-
wechsel rannten sie beide los, umrundeten die Stadtgalerie in Richtung Haupteingang.
Rücksichtslos bahnten sie sich den Weg durch eine
Ansammlung von Menschen unterschiedlichster Na-
tionen, die den Blick auf den eigentlichen Ort des Geschehens versperrten.
Aus dem Augenwinkel sah Marcel, das bereits einige
der Gaffer ihre Smartphones gezückt hatten, um

Bilder zu machen oder Videoclips zu drehen.

Endlich standen sie vor einer jungen Frau, die völlig geschockt auf einen jungen Mann deutete, der auf dem Rücken zu ihren Füßen lag.

Für einen Moment sah es so aus, als seien sie an das Set eines Filmdrehs gekommen. Mitten aus der Brust des jungen Mannes ragte der Schaft eines Messers, rund um ihn hatte sich, fast geometrisch korrekt, eine kreisrunde Blutlache gebildet.

Katy Feilitzsch hatte sich bereits neben ihn gekniet und fühlte seinen Puls an der Carotis.

„Er lebt", sagte sie leise.

„Ich habe schon den Notruf gewählt", sagte ein junger Mann mit Basecap und hielt sein Smartphone in die Höhe. „Na wenigstens einer, der nicht damit filmt, sondern etwas nützliches macht", brummte Marcel und nickte ihm anerkennend zu.

Prompt waren in der Ferne die Geräusche von nahenden Martinshörnern zu hören.

Der Verletzte öffnete etwas die Augen und Katy berührte sanft seinen Arm. „Sie werden gleich versorgt. Ich bin Polizistin. Können sie mir ihren Namen sagen?"

Der junge Mann atmete schwer, öffnete aber den Mund. „Tom", röchelte er mehr als er die Worte lautieren konnte.

„Gut Tom, ich bin Katy. Können sie mir sagen was passiert ist?"

Er schloss langsam die Augen. Katy Feilitzsch rieb kräftig über seine Wange. „Tim, öffnen sie die

Augen, bitte. Reden sie mit mir."

Ihre Stimme war jetzt laut, auch um die nahenden Martinshörner zu übertönen.

Marcel Trommer hatte inzwischen seinen Arm um die heftig zitternde und sichtlich unter Schock stehende junge Frau gelegt, während er mit der anderen Hand über Funk Verstärkung anforderte.

„Ich kam aus der Galerie und da lag er schon so da und hatte das Messer in der Brust. Ein junger Kerl hatte sich über ihn gebeugt, ist aber aufgesprungen und weggelaufen. Seine Hände und auch das T-Shirt waren voller Blut."

Ihre Stimme versagte und langsam atmete sie konzentriert ein und aus.

„Würden sie den Mann wiedererkennen?", fragte Marcel, aber sie holte wieder tiefer Luft und schüttelte langsam den Kopf.

„Vielleicht, vielleicht auch nicht. Er hatte eine schwarze Mütze auf, war aber eindeutig von südländischem Typ", sagte sie leise, aber der junge Mann mit dem Basecape hatte sie gehört.

„So musste es ja mal kommen", sagte er laut und mit Zorn in der Stimme.

Verdutzt sah Marcel zu ihm auf. „Was?", fragte er.

„Na, dass diese Typen einen von uns abstechen", rief der Basecapeträger so laut, dass es über den gesamten Platz schallte. Sofort kam es zu lautstarken Diskussionen unter den Umstehenden.

Verdammt, das hatte ihnen gerade noch gefehlt. Jemand, der mit haltlosen Vermutungen die

Stimmung anheizte. Wann traf endlich Verstärkung ein? Zumindest waren jetzt vier Männer des privaten Sicherheitsdienstes dazugekommen und taten ihr Möglichstes, um zu verhindern, dass die Schaulustigen immer mehr an Katy und den Verletzten heranrückten.

Inzwischen war der Rettungswagen auf dem Tunnel eingetroffen und zwei Sanitäter eilten mit ihrem Equipment heran.

Ehe Katy aufstehen und den Sanitätern Platz machen konnte, umklammerte plötzlich der Verletzte mit erstaunlicher Kraft ihr Handgelenk. „Kemal, er... ", flüsterte er, dann lief Blut aus seinem Mund.

Eher rüde wurde Katy von einem der Rettungssanitäter weggeschupst.

„Wir übernehmen das jetzt", sagte dieser mit ruhiger Stimme und Katy trat zu Marcel, der erleichtert auf die beiden Einsatzwagen schaute, die gerade die Neundorferstraße herabgebraust kamen.

„Die Zeugin hier hat einen jungen Mann vom Tatort weglaufen sehen, blutverschmiert. Südländischer Typ", murmelte Marcel ihr zu.

Die nickte langsam. „Und ich glaube, wir haben auch den Namen dazu. Kemal."